小学館文庫

口中医桂助事件帖

さくら坂の未来《さき》へ

和田はつ子

小学館

目次

主な登場人物

藤屋桂助…………〈いしゃ・は・くち〉を開業している口中医。先々代の将軍の御落胤。

鋼次……………〈いしゃ・は・くち〉に房楊枝を納めている職人。桂助の友人。

美鈴……………大店の娘で鋼次の女房。夫婦で〈いしゃ・は・くち〉を手伝っている。

岸田正二郎………桂助の出生の秘密を知っている元側用人。

友田達之助………南町奉行所同心。

金五……………鋼次の幼友達。友田達之助の下っ引き。

志保……………佐竹道順の娘。〈いしゃ・は・くち〉を手伝っていた桂助の幼馴染み。

藤屋長右衛門………桂助の養父。呉服問屋藤屋の主人。

お房……………桂助の妹。太吉と夫婦になり、藤屋を継ぐ。

ウエストレーキ………横浜で開業しているメリケン（アメリカ）人歯科医。

ヘンリー・キングドン…横浜でキングドン商会を営むエゲレス（イギリス）人貿易商。

西陣屋織左衛門………上方の呉服屋。

四季楽亭宇兵衛……染井にある四季折々の庭木を見せる店の主人。

第一話　万年青熱《おもとねつ》

一

江戸の師走は小雪がちらつくだけではなく、掛取《かけと》りに追われ寒さが身に染みて病を抱える者たちがどっと増える。

掛取りとは商家が掛売りしたものを盆と師走に清算する商いの仕組みである。盆から後の半年の間をつけで衣食を充《み》たしてきた者たちの中には、この月に至って不運にも借金で首が廻《まわ》らなくなり、弱り目に祟《たた》り目とはこのことで、心労の余り、我慢していた虫歯を悪化させて化膿《かのう》させ、命を落とす輩《やから》もいた。

虫歯の治療は歯の根の先が化膿して炎症が起きている場合、抜くことが必須で、大道芸人が痛む歯と掌《てのひら》に隠し持った穴明き銭を糸で結び、えいっ、やっ、といわゆる居合抜きの要領で終わらせる。

もっともこのやり方だと化膿している歯を膿《うみ》も出さずに抜いてしまうので、虫歯の毒が全身に回って高熱にうなされつつ死に到《いた》ることも多かった。

その上、居合い歯抜きにも相応の銭は要るので、師走ともなるとこの手の歯抜きはあまり流行《はや》らなかった。

一方、湯島《ゆしま》は聖堂のさくら坂を上りきった一角で、〈いしゃ・は・くち〉の看板を掲げている、歯抜きでは市中一の腕前だと評判の口中医桂助《けいすけ》の門前は毎日長蛇の列だった。

桂助はこの何年か、師走に限って、次のような文言を看板に添えて出していた。

恒例の大晦日《おおみそか》までの歯抜き、銭不要。

「銭がかからねえで、歯抜き名人の桂さんにやってもらえるんだから、言うことなしだよな」

これも師走に限って、房楊枝《ふさようじ》職人の鋼次《こうじ》が桂助の助手を務めていた。かざり職人の家に生まれた鋼次は、注文のほとんど来ない稼業に見切りをつけ、手先の器用さを活《い》かして房楊枝を作り続けてきた。

房楊枝作りに転じたのは、頬が腫《は》れるほど痛む歯を大道芸人の技に任せようとしていた時、通りかかった桂助に化膿していると指摘されて止められ、治療を受け、事なきをえた後、親しくなったからであった。

「今年こそ美鈴《みすず》さんに叱られませんか?」

桂助は不安そうに訊《き》いた。

美鈴というのは鋼次の女房で夫婦の間にはよちよち歩きの幼子がいる。

美鈴はぱっと見華やかな美女で、中身も底抜けに明るい。諸国銘茶問屋の中では大《おお》店《だな》の部類に入る芳田屋《よしだや》の娘ながら、なかなか商才もあって、今では鋼次と二人で弁天神社の境内に房楊枝の店を出していた。

「美鈴の話じゃ、俺のこと、師走の無料《ただ》歯抜きの時、桂さんの助手をしてた奴《やつ》で感心な房楊枝屋だって、言い広めてくれる人もいるんだって。そうそう、桂さんのこと褒めてた瓦版《かわらばん》にも俺の名、ちらっと載ったみたいだし。それが人から人に伝わって、同じ買うんなら、徳を積んでる奴から買おうってことになるらしい。美鈴には敵《かな》わないよ。完全に尻に敷かれちまってるけど、いいってことよ。俺は逆玉《たま》の輿《こし》ってことになってるんだろうけど、娘のお佳《よし》がいるせいかな、全然気になんねえ。夫婦は一心同体さ」

惚気《のろけ》たところではっと気がついた鋼次は、

――いっけねえ――

咄嗟《とっさ》に目を伏せた。

――桂さんと志保《しほ》さん、せめてどっちかが美鈴みてえな気性だったら、こうはなっちゃいなかったろうに——

志保は町医者佐竹道順《さたけどうじゅん》の一人娘で長く〈いしゃ・は・くち〉を手伝っていた。鋼次のように診療の助手を務めることもあったが、主に隣接している薬草園の世話で明け暮れていた。

桂助の診療処《どころ》では薬草などの類は極力自前で育てて、薬礼《やくれい》（診療代）を安くする方針が貫かれていた。今では桂助が志保の代わりに薬草園の世話をしているが、何より往診を含む診療があるので、志保に任せていた時のようには手が回っていない様子が見てとれた。

——このところ、時々、藤屋《ふじや》の使いや跡取り娘のお房《ふさ》さんが来て、足りない薬を置いてってるみたいだけど、ああいうの、ほんとは桂さん、嫌なんだろうな——

桂助の実家《さと》藤屋は家康《いえやす》公の頃から続いていて、店前現銀無掛値《たなさきげんきんかけねなし》で商いをしている市中一の呉服問屋であった。

そこの一人息子の桂助が店を継がず、口中医を志したのには理由《わけ》があった。父長右衛門《ちょうえもん》は桂助が長崎へ医術の勉強に行きたいと言い出した時、店や桂助の行く末を案じるあまり、寝込みかけた妻のお絹《きぬ》に、「仕方がない、万民の役に立ちたいと考えるのは御血筋ゆえだ」と告げて説得した。

桂助は藤屋夫婦の実の子ではなく、二代前の将軍と御台所《みだいどころ》として京から共に下った侍女との間に生まれていた。

これは許し難い不義と見做《みな》され、桂助の生母に厳罰が下されかねない状況下、当時、将軍側用人《そばようにん》だった岸田正二郎《きしだしょうじろう》が、かねてから子無きを憂いていた藤屋夫婦に将軍の血筋を引く赤子を託したのであった。

その後、桂助の実父の将軍は亡くなり、この秘密は永遠に封印されたかに見えたが、江戸市中での商いで成功するだけでは飽き足らず、桂助を将軍に据えて自身の傀儡《かいらい》とし、天下まで狙おうとした奸物岩田屋《かんぶついわたや》が動き出した。

桂助は大いに悩まされたが、将軍の血筋である唯一の証《あかし》だった、実父と瓜《うり》二つの花びら葵《あおい》の形をした臼歯《きゅうし》を見つけ出して焼き捨て、岩田屋の奸計を葬り去った。

以来桂助は市井の口中医として生きてきた。そんな折、志保の父道順と高名な口中医横井宗甫《よこいそうほ》との勉強会に桂助は招かれた。しかし、急を要する患者を診《み》ていたがために遅れ、会っていたはずの二人は行方が分からなくなり、京橋川《きょうばしがわ》沿いの土蔵の中で骸《むくろ》になり果てて見つかった。

間に合っていればという想《おも》いに苛《さいな》まれる桂助を見ているのが辛《つら》かった志保は、その想いを書き置いて姿を消してしまった。

──幸せには後ろ髪がついてねえっていうのはほんとなんだろうな。道順先生にあんなことが起きる前に、桂さんが心の裡《うち》を明かしとけばよかったんだ。ああ、でも俺も偉そうなことは言えねえな。あん時志保さんに助けてもらっといて、行方を追うどころか、美鈴に会いたい、お佳を抱きしめたいって想いで、自分が逃げるんでいっぱい、いっぱいだったんだから──

実は鋼次は志保を見つけていた。

不審な多数の骸が市中で見つけられた折、これは口中と関わりがあると睨《にら》んだ桂助の手伝いをしたくて、敵の罠《わな》に落ちてしまい、猛毒で殺されかけたところを志保が逃がしてくれたのだった。

──あん時の志保さんは綾乃《あやの》って名乗ってて、悪い奴らに操られてた。志保さんそっくりな女かもしれないって思ったほどだ。けど、逃がしてくれた時は俺のこと、鋼次だってわかってたみたいだった。あれは絶対志保さんに間違いねえ──

この時の話を桂助は鋼次に深くは訊こうとしなかった。

──桂さんも見てるのが辛くて姿を隠した志保さんと同じだ。美鈴やお佳との幸せの輪に戻れたことを、俺がどっかで疚《やま》しく思ってるって知ってる。そこまで深い思いやりを持ち合わせてる二人なんだ。これはもう相性なんてえ軽いもんじゃねえ。運命の二人なんだから、絶対、夫婦《めおと》になってもらいてえ――

鋼次は切に二人の再会を祈っていた。

そんな師走も半ばの昼過ぎ、桂助宛てに以下の文《ふみ》が届いた。


無料の歯抜き治療は今年も行われていることと思う。感心なことだ。市中では師走は仕事が忙しく疲れがたまり、歯痛病みが多いと聞いている。頼み事が出来た。麻布《あざぶ》の小島由左衛門《こじまよしざえもん》殿の屋敷へ出向いて貰《もら》いたい。患者は子供で難儀な歯痛に苦しんでおる。

子供とは非力なもの。親はもとより、たとえ赤の他人でも病を得た子供ほど不憫《ふびん》に感じて、気にかかるものはなかろう。

小島家は三千石の大身旗本ゆえ、歯抜きを無料にせずともよいのではないかと、弟は言うかもしれぬが、そうではない。

病んで苦しむ者に貧富の差などないのだ。

昼間は多忙であろうから、夕刻でかまわぬ。よろしく頼む。

岸田正二郎

藤屋桂助殿

「相変わらず偉そうだっ」

居合わせていて、桂助から岸田の文を見せられた鋼次は一瞬青筋を立てた。

「それにまだ俺を弟なんぞと呼んでいる」

なぜか岸田は鋼次の名を覚えようとしなかった。

「しかし、岸田様のおっしゃっておられることは間違っていません。鋼さんだって、お佳ちゃんがむしばになって、昼夜を問わず泣き叫んでいたらたまらないでしょう？わたしは昼間の診療が終わり次第、小島様のところへ伺います」

桂助は言い切り、鋼次はお佳が泣き喚《わめ》いて熱を出した時のことを頭に浮かべた。

――あの時は駆け付けてきてくれた桂さんに、これは乳歯が生える時にありがちなむず痒《がゆ》さと発熱で、全く心配がないと告げられて、どんなにほっとしたことか――。子供ってえのはたとえ親じゃなくっても、何とかしてやんねえとな――

「もちろん弟も行くさ」

鋼次はわざとやや渋い顔で頷《うなず》いた。

二

二人は早速この日の夕刻、最後の一人の歯抜きを終えると、身支度を調え麻布の小島家へと向かった。

「俺はちょいと不思議なんだがな」

鋼次は薬籠《やくろう》を担いで、桂助の前を歩いていた。

「いいですよ、普段わたしは担ぎ慣れてますから」

桂助は断ったが、

「そういうことじゃないよ。桂さん、相手は三千石の大身旗本だよ。先生様が薬籠を担いでちゃ、さまになんねえだろ。それに俺だって、手ぶらじゃ格好つかねえってもんよ」

「そういうものですか――」

頷いた桂助は薬籠を背にした鋼次の前を歩くことになった。

「大身の旗本なら口中医だって、御先祖様の頃から出入りしている法眼《ほうげん》並みの奴がいるんじゃねえのかい？」

鋼次は後ろから、切りだした話の続きをした。

「それはそうでしょう」

「そいつにむしばの痛みぐれえ何とか治せねえもんなのかい？　そいつだって、歯痛ぐれえ一時は止められるだろうが」

虫歯に冒された歯はすぐには痛み出さないが、穴が広がって歯神経に届くほどになると痛むようになる。この段階では、時折、肩凝りがきつかったり、無理をしすぎて身体が弱った時に痛む程度であるので、ここではまだ抜かずに、丁字油《ちょうじゆ》（クローブ油）を虫歯の穴につけて痛みを和らげている。

さらに虫歯が進んで痛むことが多くなると、丁字、生姜《しょうが》、胡椒《こしょう》などの薬を調合し、歯痛止め薬とし虫歯の穴に詰めるだけではなく、歯痛止めの煎《せん》じ薬を飲ませて鎮痛作用を高める。

ここまでの処置は〈いしゃ・は・くち〉に限らず、大道芸人はともかく、口中医の看板を掲げているところであれば、しごく当たり前に行われているはずであった。

この後、穴がさらに広がって、日々眠れぬほどずきずき疼《うず》いて痛みはじめると、もう歯抜きしか手立ては無かった。

「難儀な歯痛と岸田様は書かれていました」

桂助は思慮深く応えた。

「ってえことは、根の浅い子供の時の歯（乳歯）に大穴が空いてるってことになるぜ。そんなんなら、ちょいと引っぱれば抜けちまう。俺なんぞは何もしてねえのにぽろっと抜けた。何も桂さんの手を借りることもねえはずだ」

「むしばも痛みも多種多様です。こればかりは診てみなければ何とも言えません」

桂助はきっぱりと言い切り、習っていない経を読む門前の小僧ぶりを発揮していた鋼次は口を閉ざした。

小島家に着くと、二人は用人に案内されて、当主小島由左衛門に目通りした後、子が病臥《びょうが》している病室に向かった。由左衛門とは父娘《おやこ》ほども年齢《とし》の違う若い奥方は、すでに病室の廊下に控えていて、これ以上はないと思われるほどの緊迫感を漂わせつつ丁重に頭《こうべ》を垂れた。

「先生のご高名はよくよく存じ上げております。どうかよろしくお願いいたします。真之助《しんのすけ》をお助けください」

病室に入るとむっとするほど細辛《さいしん》や升麻《しょうま》等の煎じ薬の匂いが立ちこめている。想像とは異なり、患者の年齢は十二、三歳、子供というよりも少年と呼ぶのがふさわしい年頃であった。

ただし仕種《しぐさ》は幼げで、

「母上、母上」

痛みに耐えかねて涙で顔を濡《ぬ》らしつつ、母親の方へと手を伸ばした。

「もう、大丈夫、市中一の先生においでいただきましたから――」

母親は目を瞬《しばた》きつつ真之助の手を包み込むように両手で握った。

「ほんとにいい先生？」

真之助はちらっと桂助を見て不審そうというよりも、やや意地悪げに片眉を上げた。

――こりゃあ、てえした我《わ》が儘《まま》坊ちゃんだな――

「市中一なんてもんじゃねえ、この藤屋桂助先生は三国一なんだから安心しな」

鋼次は声を張った。

「それでは診せていただきましょう」

桂助はまずは横たわったままの真之助に口を開けさせ、口中を診る小さな両面鏡をそっと差し入れた。

手燭《てしょく》を手にした鋼次は患者の口の中を照らし出す役目を始める。

「むしばが多いですね」

桂助はため息をつきかけて呑《の》み込んだ。

「ええ、でも、むしばになっているのは全て子供の歯ですので」

母親が応えた。

「子供の歯でも痛みはあったはずです」

「かかりつけの宗仙《そうせん》先生にお願いして、痛みを止めていただいていました。子供の歯は時機を見計らって抜いてもくださいました」

「ご子息の残っている子供の歯は、全部むしばで大きな穴が空いています。子供の歯をむしばにしない手立てはなさらなかったのでしょうか？」

「宗仙先生が無用だとおっしゃったので。子供が好きな甘い物は力がつくので、子供の歯のうちは好きなだけ食べさせてやってもよろしいというお話でした。わたくしは後添えです。流行病《はやりやまい》で亡くなった先の奥方様のお子様方は育たなかったので、わたくしは何としても、この子を丈夫な跡継ぎに育てたかったのです。先生は子供のうちからカステーラや金平糖《こんぺいとう》などという、珍しくて高価なお菓子を楽しめるのは、このような家に生まれた特権だとも感心しておられました」

──こういうお屋敷のかかりつけ医者ってえのは世辞も治療のうちなんだろうな、ったく──

鋼次は心の中で深いため息をついた。

「甘いものを召し上がった後、口濯《くちゆす》ぎをしたり、房楊枝を使われていましたか？」

「とかく気の細かい子供は夭逝《ようせい》が多いので、子供のうちは気まぐれを許して、のびのびと育てる方がよろしいと。口濯ぎや房楊枝は気の向いた時でよいのだとおっしゃっていたので、うるさくは申しませんでした」

——ええっ？　何ともお粗末な話だぜ——

鋼次は仰天した。

虫歯の予防には、食べるたびに口濯ぎを欠かさないことと房楊枝の使用のほかには無い。

「せめて夜だけでも口濯ぎをなさっていたら、ここまで酷《ひど》く子供の歯がむしばになららなかったはずです」

「でも、宗仙先生は子供の歯はいずれ大人の歯に抜け替わるのだからかまわないのだと——。それで大人の歯が生えだしてからは、いくら当人が面倒くさがっても、厳しく口濯ぎや房楊枝使いを習慣づけています。大人の歯にむしばは無いはずです」

母親は抗議の口調になった。

「たしかに」

桂助は両面鏡を抜き取って、真之助に口を閉じさせた。

「まだ痛い、痛い、痛いよお」

真之助は拗《す》ねた様子で訴えた。

「三国一の医者なんて大嘘《おおうそ》だ、こいつは藪《やぶ》医者なんだ」

手燭を畳に置いた鋼次の方も見た。

「真之助」

すかさずまた息子の手を握った母親は、

「治してはくださらないのですか？」

迫った。

「それではお尋ね致します。かかりつけの先生はなにゆえ、むしばの末期近くの痛みが強くなっている子供の歯を、抜かないままにしていらっしゃるのですか？　痛みが止まらないのは、そのせいかもしれないとはおっしゃらなかったのですか？　さきほど、むしばになっている子供の歯は、時機をみてその先生の手で歯抜きしていたと伺いましたが——」

「わかりません。ただ宗仙先生は痛み止めの薬を飲ませるばかりでらちがあかず、真之助の痛みは募るばかり。そこで、殿様が伝手《つて》を辿《たど》ってあなた様に御足労願ったのです」

母親は開き直った様子で桂助を見据え、

「ですから、何としても治していただかなくては困ります」

居丈高に言い放った。

——これだからさ、お武家ってえのは嫌《きれ》えなんだよな——

鋼次はふんと鼻をならしかけた。

「わかりました。ただし、ここからはわたしを信じて処置を見守っていてください」

応える代わりに母親はこくりと頷いた。

「鋼さん、あの塗り薬を頼みます」

あの塗り薬とは歯抜きの際に用いる、桂助ならではの塗布麻酔薬であった。これには薬草園で育てているトリカブトの根から採集する、ごくごく少量の烏頭《うず》（トリカブトの親根）が用いられている。

化膿までしている厄介な虫歯には抜き時がある。あの塗り薬という言葉でわかり合えるようにしているのは、歯抜きを覚悟せずに〈いしゃ・は・くち〉を訪れる虫歯持ちの患者を、必要以上に怖がらせないためであった。

——そういや、このやり方、志保さんが思いついたんだっけな——

鋼次は一瞬またしても志保を思い出していた。

──桂さん同様、やっぱり心根の優しい、患者の気持ちになれる人だった──

三

「それでは──」

桂助は鋼次に目配せすると、再び真之助に口を開けさせ、歯痛止めの薬を綿球につけて、虫歯の穴につけていった。

「そのまま、口を開いたままで──」

桂助の右手の親指と人差し指が二度、三度──と、歯抜きしなければならない子供の歯の数だけ躍った。

「あら、まあ──」

母親が驚愕《きょうがく》の表情で固まった。

近くの畳の上に置かれていた血や膿を受ける器が、からんからんと小さな音を立て続けてた。そして、その音がするたびに、真之助の虫歯が血まみれで転がってたまっていく。

桂助の指がまるで妖術でも心得ているかのように、末期の虫歯を処置していった。

その間鋼次は、

――そうだった、これも志保さんが考えついて育てた藍で染めたものだったな。血に弱い患者は気を失っちまうこともあるから、白い晒《さらし》で拭くんじゃ駄目だって――

濃い藍染めの血拭き布で真之助の口から洩《も》れ出す血を拭いていた。

――桂さんが歯抜き名人なのは痛みが少ないだけじゃなしに、血の出る量がちっとだからさ。藪医者や大道芸人にやられたからには、丸一日は口からだらだら血を流す按配《あんばい》になりかねないんだぜ。中には熱こそ出ねえもんの、歯抜きで血が止まらず、青《あお》瓢簞《びょうたん》になっちまって、寝ついちまう奴だっている――

「幸いにも子供の歯のむしばは末期ではあっても、膿んではいなかったので、無事抜き取れました。まずはこれで準備ができました」

桂助は鋼次が完全に血拭きを終えたところで母親に告げた。

「何本もの歯抜きをこんなに早くなさるとは――、しかもご自身の指だけで、まるで咲いている花でも摘《つま》まれるかのようにたやすく――、宗仙先生は一本抜くのにも、たいそうな木槌《きづち》を持参されていたというのに」

母親は呆気《あっけ》に取られていた。

ちなみに口中医の歯抜きは木槌を用い、歯根を脱臼させ、虫歯を崩して除去するやり方が多かった。

「まだ子供の歯でしたから」

謙遜する桂助に、

「いいえ、子供の歯でも宗仙先生は木槌と槽柄《そうえ》とか言う木の細い棒を使われていました し、一時の痛みだと言い聞かせた真之助は涙を流して我慢しておりました。こんな素晴らしい歯抜きを見たのは初めてです。ありがとうございました」

相手は感激して目を潤ませた。

「今、お茶を――お礼もご用意いたしませんと」

立ち上がりかけた母親に、

「先ほども申し上げましたように、今はまだ治療の準備ができたところなのですが――」

桂助は困惑している。

――ええっ、桂さん、これ以上どんな治療があるっていうんだよ――

鋼次も母親同様まるで先行きが見えなかった。

「むしばは全て抜いてくださったんじゃないのですか?」

母親の声が幾分翳《かげ》った。

「全然、痛くなかった。ほんとに悪い歯、全部抜いてくれたの？　って思うほど。もう、どこも痛くないや」

真之助の顔からは僅かだが笑みがこぼれている。

「今、痛みがおさまっているのは、歯抜きの際の痛みを和らげる、やや強い塗り薬を使っているからです。薬の効き目がなくなるまでしばらく様子を見させてください」

――ってえことは、まだ、むしばがあるってことかい？　大人の歯しかもう残っちゃいねえから、まさか、大人の歯にもうむしばかよ？　大人の歯のむしば持ちの行く末は歯無しだぜ。若くして歯無し？　そりゃあ、ねえだろう――

生来お人好しの鋼次は、一時、歯無しを苦にした市中の者たちが、悪質な罠に落ちて命を落とした一件を思い出して、いささか真之助が気の毒に思えてきた。

「わかりました、引き続きよろしくお願いいたします」

母親は不安そうな表情で部屋を出て行き、鋼次が血や膿を受ける器や血拭き布を片付け終えた頃、茶の入った高麗茶碗《こうらいぢゃわん》を運ぶ女中を従えて入ってきた。

「粗茶でございますが」

――美味《うま》いっ――

鋼次は一気に飲み干した。

粗茶どころか、後口に茶の甘味がそこはかとなく残る上物の宇治茶であった。

桂助の方は一啜《ひとすす》りしてもてなしに形だけ応えただけで、

「母上、すっかり痛みがなくなって、先生方の茶の香りを嗅いでいたら、金平糖がなつかしくなりました」

菓子をねだる真之助に、

「それは止《や》めていただきます」

ぴしゃりと禁じた。

「どうしてもいけませんか？」

母親は呟《つぶや》くように念を押して、辛《つら》そうに目を伏せた。

「これで痛みがおさまるとは申し上げなかったはずです」

桂助は母子を見据えて、

「子供の歯とはいえ、抜かなければならない歯の数が多かったので、歯痛止めの薬の量も増やしました。それゆえまだ薬の効き目が切れずにいるのです。ですので、もうしばらくここで、ご子息の様子を診させてください。お母様は日々の看病でさぞかしお疲れでしょう？　どうかお休みください」

母親に休息を勧めた。

しかし、

「母上ぇ――」

真之助は甘え声を出し、

「不吉なことを言う輩に見守られるのは嫌です、妖術でもかけられたら――」

とまで言い募り、

「わたくしは大丈夫です。ここにおります、真之助のそばに」

きっとした表情で桂助たちを睨んだ母親はまた、息子の手を取って、

「この母がついています。凶事が起きぬようしっかり見張っています。それに、歯を食うむしばの魔物などが現れたら、母が追い払いますから、安心して少しお休みなさい」

瞼《まぶた》を閉じさせた。

――ったく、馬鹿息子の親は馬鹿親だってえのはこのことだぜ――

呆《あき》れるばかりの鋼次はもはや腹など立たなかった。

それから明け方近くまで真之助は眠り続けた。

桂助に正座したまま一睡もしなかった。母親も同様で、時折真之助から逸《そ》れた二人の目が合うと、そのたびに母親は険しい目になったが、桂助の方は常と変わらぬ平穏

さだった。

深夜のこととて、物音一つしない。

しかし、突然、鋼次に何やら大きな音が聞こえた。鋼次はそれが自分の寝息だとはっと気がついた。桂助に倣って膝を崩さずに起きていたつもりが、いつのまにか寝入ってしまったのである。

――だらしねえったらない。いつも思ってるが、俺の心の強さは桂さんには遠く及ばねえな。ま、仕方ねえか――

そこでまた鋼次は睡魔に襲われかけたが、母親も一睡もせずにいるのを見て、

――とはいえ、あんたにだけは負けたくない――

縮こまりかけていた背筋をぐいと伸ばして大きく目を見開いた。

真之助の様子に変化があったのは、明け烏《がらす》のかあかあと鳴く声が聞こえた直後であった。

「痛いっ、痛ぁーい」

真之助は顔を歪《ゆが》めて目を覚ました。

「母上、母上」

「母はこうしてここに、ほら」

母親は息子の手をさらに強く握った。

「それも痛い、嫌だ、嫌だ」

真之助は母親の手を振り払うと、布団の上で大の字になり、これしか手立てのない幼子のように手足をばたつかせた。

「何とか、何とかしてください。そのためにあなた様はここにいらっしゃるのでしょう？」

母親は桂助に詰め寄った。

「いたします」

桂助はまずは大きく頷いて、

「しかし、これからの治療は真之助様によくよくご理解いただいて、進めなければならぬものです。お願いです、真之助様とお話しさせていただけませんか？」

清々《すがすが》しい目で相手の顔を正面から見つめた。

一瞬、母親は目を尖《とが》らせた。

「真之助様はすでに十二歳、大人の歯も生えてきていて、限りなく大人に近づいておられます。大人にには子供と異なり、お母様の同席には無用です」

桂助は穏やかな口調ではあったがきっぱりと言い切った。この言葉に母親はずしん

と堪《こた》える重みを感じたのか、

「わかりました」

息子の布団の脇から立ち上がって廊下へと続く障子を開けた。そして、

「母上ぇ、母上ぇ」

一度振り払っておきながら、性懲《しょうこ》りもなく、また手足を宙に浮かして助けを求めてきている、我が子の方を見ようとはしなかった。

四

周囲がすっかり白んで夜が明けた。

「これなら見える」

呟いた桂助が、

「真之助様、左右のうち、どちら側の歯が痛みますか？」

と訊くと、

「わかんない、わかんない、痛――い、痛――い、むしばを全部抜いたっていうのに治ってないよう、藪医者、藪医者」

真之助はやはりまたわめき散らした。

――道理のわかんねえこいつが暴れて桂さんに何かあっちゃあなんねえからな――

鋼次は傍らに控えていることにした。

「それでは――」

桂助は真之助の肩を摑《つか》んで起き上がらせると、

「背筋を伸ばして顔をまっすぐこちらへ」

有無を言わせなかった。

意外な強引さに真之助は素直に従った。

「僅かですが、左側の頰が腫れています。診せてください」

桂助は口を開かせると、

「いいですか、続いているずきずき疼く痛みと異なる、つんとくる痛みがあったら教えてください」

細い鉄製の棒を布で拭った後、生えてきている大人の歯を残らず軽く叩《たた》きはじめた。

思っていた通り、右側の上下の歯にはつんとくる痛みはなく、左側下の奥歯の一つを棒で軽く叩いたとたん、真之助は痛みを訴えて飛び上がった。

「藪医者め」

「つんときましたね」

そこで桂助は薬籠から物が大きく見える天眼眼鏡《てんがんめがね》を取り出してかけた。

「真之助様、大きく口を開いてください。鋼さん、手燭をお願いします」

桂助の指示のままに鋼次は真之助の口中を照らし出した。

天眼眼鏡をかけた桂助は口中用の小さな両面鏡を用いて、一見、虫歯とは無縁な真之助の大人の歯を仔細《しさい》に診ていく。

「やはり思った通りでした。あなたの大人の歯は奥歯の一つがむしばです。罹《かか》り始めは黒くなっているだけで痛みなどなく、穴が広がるにつれて、熱いものや冷たいものがしみたり、痛みが出てくる普通のむしばではありません。よくよく診なければわからない針の先ほどの小さなむしばです。ただしこのむしばは流行病にも似て、痛みを感じるところまで一挙に冒しています。このまま放置すれば、いずれ命に関わりかねないでしょうし、今の痛みを止めるためにも処置は歯抜きしかありません」

桂助は苦渋の面持ちではあったが、真之助の顔から目を逸らさずに告げた。

「そんなむしばがあったとは――」

真之助は青ざめ、

「生えてきたばかりの大人の歯が抜かれてしまうのか――」

がくりと肩を落としてうつむきはしたが、母を呼ぼうとも桂助に罵詈雑言《ばりぞうごん》を浴びせようともしなかった。

──案外、こいつ、まともかも──

鋼次は少々感心した。

「そなたの診たて、確かであろうな」

真之助は桂助を見据えた。

「はい」

「信じてよいのだな」

「ええ」

「わかった、痛み続けて死ぬかもしれないとなれば、そなたの処置を受けるしかあるまいな。おかしなことだが、確とした診たてを聞けてすっきりした」

真之助はふうとため息をつき、

「母上と宗仙先生はわたしを痛み止めの漢方薬漬けにするだけで、そのうちその効き目もさほどではなくなり、使いを出しても、すぐには駆け付けてこなくなり、一向に診たてがつかなかった。わたしは不安で不安で痛くて痛くてならなかった。母上しか駄々をこねて甘える相手がいなかったのだ。それほど昼夜を問わぬ歯の痛みは辛い。

いっそ死んだ方がましだとさえ思ったほどだ。そなたは道理にあった診たてをしてくれた。もう二度と生えてこない大人の歯を一本失うのは惜しいが、仕方がない」

真之助は続いている痛みに耐えながら覚悟を示した。

——よかった、こいつ、ほんとはしごくまともな奴だったんだな。それにしても質《たち》の悪いむしばってえのは、若殿を聞き分けのない子供に変えちまうほどてえへんなもんなんだな——

すでに鋼次は真之助への同情にどっぷりと浸かっていた。

「とはいえ、大人の歯一本では済まないかも」

再び、顔を曇らせた真之助に、

「断じて一本で済みます。どうかわたしをお信じください」

桂助は言い切って笑顔を向けた。

こうして真之助は再度塗布麻酔を受けて、急性の虫歯を抜き去った。

大人の歯は子供の歯と違って根が深く、桂助といえども摘み取るのは無理で木槌と槽柄が使われた。

痛みも皆無ではなく、出血も子供の歯よりも少しばかり多く、真之助は鋼次が藍木綿布を用いた後、止血のために長く綿玉を嚙《か》んでいなければならなかったが、もはや騒ぎ立てたりはしなかった。

「抜いた痕は傷と同じで多少痛みますが、むしばの耐えられないほどの痛みはこれでなくなるはずです」

桂助は断じた。

その時、廊下で聞き耳を立てていたのであろう母親が障子を開けて、入って来て、

「でも、もしもということが――」

案じる言葉を口にした。

「ならば薬の効き目が切れるまでここにおります」

桂助たちは一刻半（約三時間）ほど真之助の枕元に居た。

塗布麻酔の効き目が無くなっても、真之助は我慢できないほどの痛みは訴えなかった。

病室を出る際に桂助は、

「今回、このような惜しい処置になってしまったのは、子供の歯の下で大人の歯は育つので、子供の歯を大事になさらなかったせいかもしれません。これからはどうか、今回のようなことにならぬよう、一生ものの大人の歯を大切にしてください。甘いものを召し上がるのはかまいませんが、後で必ず口濯ぎと房楊枝使いをなさってくださ

い」

あえて苦言を呈し、

「宗仙先生の心地よい言葉をいいことに、地獄が待っているとも知らず、甘い物好きとかくの無精に流されていました。無くした歯が心の良き薬になりました」

真之助は頭を垂れた。

「ありがとうございました」

母親は礼を言って薬礼を包み、

「昼が近うございます。朝餉《あさげ》も摂《と》らずに診ていただいておりました。今、支度をさせますゆえ召し上がって行ってくださいませ」

朝餉でもと謝意を示そうとしたが、

「思うところがございまして勝手ながら、薬礼は辞退させてください。それに、患者が待っておりますので急ぎ帰らなければなりません、朝餉についてもご厚意だけいただきます。この通りお許しください」

桂助は丁重に頭を垂れ、

――ふーん、堅苦しい飯はともかく、薬礼くれえ貰っても悪かねえのにな。ま、桂さんならではの思いがあるんなら仕方ないやね――

鋼次も慌てて頭を下げた。

「それでは、せめて――」

母親は二人分の握り飯を用意したいと言った。

「ご飯が炊き上がる少しの間、裏手にある盆栽などご覧になっていてください」

「ありがとうございます。わかりました」

桂助と鋼次は用人に裏庭へと案内された。

「当家の万年青《おもと》は権現様《ごんげん》よりその一芽を拝して後、連綿と受け継いできた貴重な大葉系の絶品ゆえ、ゆるりとご覧なされ」

用人は自慢げに鼻を膨らませて立ち去った。

大葉系の万年青は常緑の多年生草本である野生種に近く、先端が丸味を帯びている葉の長さはおよそ一尺（約三十センチ）あった。これに大きな斑《ふ》が入るよう改良したものである。

不老草とも称される万年青は徳川家康が江戸城へ入る時、献上品として持ち込まれて以来、大名たちがこぞって栽培した後、直参《じきさん》旗本たち、さらに庶民へと広まっていった。

万年青は晩春から初夏にかけて、薄肌色の小さな花を棒状に連ねて咲かせ、その後に真っ赤な実をつける。葉、花、実、根と強弱の差はあるが人には毒となるので食することはできない。

それもあってか、万年青はあくまでも葉の芸つまり葉の様子に凝った鉢物であった。羊歯《しだ》類と異なり、花も実もある種子植物の中で唯一葉だけが愛《め》でられてきたのが万年青だった。

本来は幅広い深緑で長楕円形《ちょうだえんけい》の葉が武士の命である刀を想わせ、これに惹《ひ》かれて当初は武家社会で栽培熱が高まったものであろうか。

そして、時を経るに従って本来の様子とは似ても似つかない、変わり朝顔や江戸菊《えどぎく》同様、葉の型の変わりや斑入りなどの選別が行われ多くの品種が生み出された。

「それにしてもここの万年青はでかいな」

大きな大葉系万年青の鉢もまた大きく深めで、それらが並んでいる盆栽棚はがっしりした木製の一段棚で、梁《はり》がめぐらされ日覆《ひおおい》と雨覆《あまおおい》が仕掛けられていた。

日覆とは葭簀《よしず》を用いて葉枯れの元になる強い日差しが当たらないようにする仕組みである。また、大雨や長雨で鉢の中に水がたまりすぎると根腐れを起こすので、板を天井にのせて、栽培している鉢物に雨がかからないようにした工夫が雨覆であった。

「万年青かあ、こいつに凝る連中は結構多いんだろうけど、葉だけってえのはどうにもな、俺はやっぱり鉢物も綺麗《きれい》な花の方がいいな」

鋼次の頭に女房の美鈴の陽《ひ》の光のように明るい表情がよぎった。

五

「お待たせ致しました」

息子の恢復《かいふく》を喜んでいる母親は笑みを浮かべながら、握り飯の包みを手ずから桂助に渡した。

「恐れ多いことでございます」

桂助は頭を深く垂れ、

──そうだった、この女、子供想いのおっかさんだとばかし思ってたけど、大身の旗本の奥方様だったたっけ──

鋼次はあわててそれに倣った。

二人は握り飯の包みを押しいただいた後、やっと小島家の門の外へ出た。

「やれやれだぜ」

鋼次はうわーっと大きく叫ぶと両腕を上げて伸びをした。

「初めはどうなるかと思ったけど、でもまあ、よかった。終わりよければ全てよしってえやつだよ。それにしても腹がへった、へった、もうぺこぺこだ。あの母親のはからいも、ん、なかなかだ」

少し先に銀杏《いちょう》の大木を見つけると、その根元にさっと腰を下ろし早速、竹皮の包みを解いて炊きたての飯を塩だけで握った飯にかぶりついた。

「桂さん、美味いよ、これ」

鋼次は桂助にも食べるように勧めた。ところが、

——あれっ？——

桂助はうつむいたまま応えない。

——不眠不休で疲れたせい？　そういや、桂さん、朝餉を断るのに、患者が待ってるなんていう方便使ってたけど、どんくらい時がかかるかわかんねえから、今日は休みってことで貼り紙してきたんだっけな。あん時はてっきり、もうこれ以上、堅苦しいお武家のところには、居たくないんだとばっかり思ってたけど、それだけじゃない？——

顔を上げた桂助は、

「鋼さん、真之助様は大人の歯を一本なくしてしまわれたのですよ」

憤懣《ふんまん》やる方なく思い詰めていた。

「桂さん」

滅多にないことだが鋼次の胃の腑《ふ》が悲鳴を上げた。塩にぎりを食べ続けることができなくなった。

——自分を強く責める目をしてる。こんな桂さん、見るの二度目だ。志保さんがいなくなった時にちらっとこんな目をしてたっけ——

「どうして、むしばは抜くしか手立てがないのでしょう?」

さらに桂助は言い募った。

——そんなこと、今言ったって仕様がねえよ。むしばになったら最後、いつかは抜くんだからさ。それにあの母子《おやこ》は桂さんに治してもらって、あんなに喜んでたし——

かろうじて鋼次はこの言葉を呑み込んだ。

「真之助様の抜いた大人の歯の根は、それはそれはしっかりしていました。むしばのところさえ何とか取り除ければ、年老いてもなお達者に食べ物を嚙み砕けていたかもしれないのです。それなのに、抜いて役立たずにしてしまうしかないなんて——」

桂助の物言いは哀調さえ帯びてきた。

「それよか、俺はさ、桂さんが細い鉄の棒を布で拭いてから、軽ーく歯を叩いてって、つんと痛んだら教えろって言って、根の先が膿んでいる歯を見つけただろ？　あれには感心したよ。あんな凄《すご》い技、どこで思いついたのかい？」

鋼次は話を変えてみることにした。

「あれは血を拭く藍染めの布と同じです」

桂助は空《うつ》ろに笑った。

「患者を安心させるためだけの芸かい？」

「大きな穴なら舌で触ってわかりますし、手鏡で見ることもできますが、今回のように痛みの場所がわからないと、患者さんは不安になります。それで思いつきました。わかったのは大きくして見ることのできる、用意してきたあの天眼眼鏡のおかげです。とはいえ、あの天眼眼鏡をもってしても、夜中で暗いと手燭の光だけでは針の穴ほどのむしばは見つけられません」

「それで桂さん、いつもより塗布麻酔の量を増やして、夜が明けるのを待ったんだね」

「ええ、子供の歯を抜く時よりも少々多く使いました」

「あの天眼眼鏡を薬籠に入れてきたのも、今日は休みにしてたのも、ああいう成り行きになるってわかってたからだろ？」

「岸田様の文に難儀なむしばとありましたから――」

「さすが桂さん、凄いよ。今回はむしばの捕り物だね。首尾良く抜けて、めでたし、めでたし」

鋼次は褒め称《たた》えたつもりだったが、

「治療は捕り物ではありません」

桂助は怒りの声を発した。

「ごめん、言い直すよ。それにこんだけ患者の気持ち、わかってやってる優しい治療って、桂さんにしかできねえだろう？」

鋼次は大慌てで捕り物の例えを撤回しようとした。

「こんなことしかできないのですから当たり前です」

桂助は項垂《うなだ》れた。

「いったい全体、桂さんはむしばをどうしたいんだい？」

鋼次も途方に暮れた。

「抜かずに治したいです」

「ええ！　でも、そんなこと――」

「海の遙《はる》か向こうの国からの足踏み式の歯を削る器械を使えば、歯から、むしの食っている部分だけ完全に削り取って、銀とか金で詰め物さえしてしまえば抜かずとも済むのです。居を横浜に定められた異人たちの居留地が発展してきていて、そこではその器械が使われているという話です」

桂助の目が熱にでも浮かされているかのように潤んでいる。

幕府は貿易のための長崎以外の開港を望む諸外国と交わした条約の約束を果たすために、横浜村を開港場とした。横浜港を含む外国人たちの住まう処は横浜居留地と呼ばれ、エゲレス（イギリス）人を主としてプロシア（ドイツ）、メリケン（アメリカ）等の商人たちが、機械や軍事品、化学製品等を日本へ輸出する事業のために居住していた。

その数は増え続けていて、外科や本道《ほんどう》（内科）の医者だけではなく、歯医者もまたその地での開業を始めていた。

こうした西洋人の医者や歯医者たちは、医療器具が破損すると、関所役人を介して、桂助たちが口中道具を頼んで作らせている専門の店に注文していた。桂助は懇意にしているさんま屋の主《あるじ》の口から、虫歯を抜かずに治す、驚くべき器械と治療法について耳にしていた。

「ほんとかね、そりゃ与太話《よたばなし》じゃねえのか」

鋼次がちらっと聞いた横浜居留地の話では、赤鬼のように白いんだか赤いんだかわからない肌の色の西洋人たちは、どいつもこいつも一攫千金《いっかく》を狙う悪党どもばかりだという。

――こっちの奴もあっちと交わると悪くなるっていうから、桂さん、さんま屋に企《たくら》みがあって、いっぱい食わされてないといいけど――

「本当です」

桂助は真顔で応えて、

「歯の治療はメリケンがどこよりも進んでいると聞きました。なぜなら無痛の歯抜き処置ができるようにしたのが、メリケンの口中医だからです。これはわたしがやっているような塗布の麻酔ではなく、患者さんが吸い込むと、うとうととする、エーテルという揮発性の薬が用いられる強力な麻酔薬です。以後、メリケンの人は歯抜きを怖《おそ》れなくなり、むしばが削られる痛みに耐える必要もなくなったので、器械を使って抜かずに治療する技も向上したのだそうです」

理路整然と続けられ、初めてこの話を聞いた鋼次は、さすがにもう騙《だま》されていると思わなかったが、

――ここまで桂さんが言うんだから本当なんだろうけど――

正直、ちんぷんかんぷんで言葉につまり、相づちさえ打てない間の悪さを誤魔化そうと、片袖にしまっていた握り飯の包みを出して残りを頬張った。

「それがありましたね」

意外にも桂助も鋼次に倣って握り飯の包みを取り出した。食べ終わると、

「今なら朝餉もお済みでしょうし、岸田様のお屋敷に伺ってみようと思います。岸田様よりの頼み事でしたし、真之助様のご様子について報告しなければなりませんから。鋼さんは岸田様が苦手でしたね。仕事もあることですし、美鈴さんや可愛《かわい》いお佳ちゃんも帰りを待っているでしょう。どうか帰ってください」

湯島へ向かう道を指差した。

鋼次は飯粒のついた指を一しゃぶりすると、

「いいや、俺も行くよ。桂さんに弟がいるってことを忘れられちゃあ、困るからな」

にんまりとした。

——桂さんを岸田と二人だけでは会わせられねえな。岸田って奴は裏の裏に通じてやがって油断ならねえんだし、桂さんはむしばを削って治す器械があるってえ、横浜居留地とやらに夢中だ。その器械で患者が治療される様子が見たくて、これがありゃあ、むしばを抜かなくていいとなりゃあ、自分も使ってみたくて、横浜に行きたくて

ならねえはずだ。そもそもあすこは異人が勝手に歩き回ってることもあって危ねえ――

つい何年か前、川崎大師《かわさきだいし》を見物しようと馬に乗ってやってきた横浜居留地のエゲレス人たちが、生麦村《なまむぎ》（横浜市鶴見区）にさしかかった際、薩摩《さつま》藩の島津《しまづ》久光《ひさみつ》の行列に出くわした。異人たちは大名行列には必須の心得である、脇に避《よ》けて土下座して見送るという習わしを知ろうはずもなく、行列を横切ろうとして薩摩藩士に斬りつけられる事件が起こり、死者も出た。エゲレス側はこれに抗議し幕府を震撼《しんかん》させた。

居留地周辺は、異国と異人は全て敵だと見做す攘夷《じょうい》浪人も出没していた。

――桂さんは、異人だというだけで悪党だと決めつけるのはおかしいなんて言っちまうだろうから、血の気の多い浪人連中からだって狙われる――

ともあれ、横浜居留地は異人たちが跋扈《ばっこ》しているところという以外、様子のよくわからない物騒な地域であった。

――それに、桂さんが岸田に横浜行きを頼めば、行かしてやる代わりにああしろこうしろになりかねない。今回はただの治療だったけど、次はわかんねえ。桂さんを岸田のいいようになんてさせるもんか――

鋼次は知らずと両の拳を固めていた。

六

岸田の屋敷に着いて桂助が門番に名乗ると、やがて屋敷の奥から出てきた顔見知りの用人が、

「殿は裏手の庭においでです。ご案内いたします」

にこやかに告げた。

──今日は馬鹿にすんなりだし、茶室でもないんだな──

鋼次はへえと思った。

年配の用人はその時々の配慮が顔に出やすい質《たち》で、事態が急を要したり、密議に近い面会の折には顔全体が固まったかのように無表情だった。

──ま、岸田から呼ばれたわけじゃぁねえしな──

岸田から呼び出された時は密室に近い茶室に案内されることが多かった。

岸田正二郎は用人と同じ年齢ほどの植木職と一緒だった。

近くには盆栽棚がある。

さきほど目にした小島家の盆栽棚よりもずっと小ぶりではあったが、二段で日覆と

雨覆も同様に仕掛けられている。

「それにしてもお見事なお品です」

植木職の老爺《ろうや》はじっと岸田の掌の上を見つめて、ため息を洩らした。

「これほど小さな万年青があるとは――」

掌の上の小さな万年青の鉢もまた小さかったが、大きな葉の万年青同様、内から外へ向かって幾枚もの葉が見事に生い茂っている。

「そしてその鉢の柿右衛門《かきえもん》も初代の柿右衛門の作と言われているのですから、小ささの極みと言われている万年青と共に、もう岸田家代々の家宝、逸品でございましょう」

老爺は見事な銀髪の町人髷《まげ》を振り立て、ふくよかな顔のやはり雪のように白い眉を心持ち上げて絶賛した。

有田焼である柿右衛門は最高級の磁器の名品の一つである。

この赤色は柿色に近く、喜三右衛門《きさえもん》が初代柿右衛門を名乗るに至って、盛名は揺るぎないものになった。

その後代々、柿右衛門は襲名されたが初代の作を上回るものはまだ出ていなかった。

「何しろ、わしはこのようなものには不案内でな、お役を退いてからもこの手の趣味に励むことができない。といってそちも言った通り、大御所様（徳川家斉《いえなり》）の折、小万年青の盛りとなり、これは選ばれし者に下された有り難きお宝ゆえ、何とか続けてゆかねばならぬ。そちがいてくれるのは何とも心強い」

岸田は持て余し気味に掌の上を見つめている。

「何を申されます。先々代上様の御側用人様だったお方にそこまでおっしゃっていただいて、この染井《そめい》の松助《まつすけ》、いつ冥土からお迎えが来てもかまわぬような気がいたします、有り難き幸せにございます。それではこちらに――」

「よろしく頼む」

松助は岸田の掌から万年青の鉢をそっと取り上げると、

「いつものように玉川《たまがわ》の水でお清めいたします」

懐から竹筒を取り出すと、傾けて晒を水に浸した後、手にしていた万年青の鉢の汚れを拭った。仕上げは紅絹《もみ》（紅色に染めた薄地の絹織物）で拭いて、艶を出す。

この後、松助は盆栽棚に進んだ。

後は任せるのかと思いきや、岸田は松助に付いて行き、盆栽棚の前で松助に勝るとも劣らぬ深さで辞儀をした。

桂助もそれに倣う。

——小さな万年青はご先祖様が遺《のこ》してきたもんなんだから、この辞儀はきっと敬いなんだろうな。けど、俺たちはまだ、挨拶もしてねえぜ、いいのかな。いきなり無礼者なんて言って、刀を持ち出されるのはなしだぜ——

鋼次はややびくつきながら桂助に倣って頭を垂れた。

盆栽棚は小島家の野生種に近い葉の厚い万年青でびっしりと埋められていた。万年青栽培は小島家の野生種に近い葉の大きなものから、岸田邸に託された小ささの極みのものまで多種多様であった。

ここの葉には縞《しま》や斑入りのものもあり、細かい斑が入り組んで見えていた。微妙な違いを味わいとして楽しむのが小万年青鑑賞の醍醐味《だいごみ》であった。

「ここにある三十鉢の万年青の葉は一つとして同じものがございません。それに合わせてここの柿右衛門様式の鉢も同じものは一つとしてございません」

鋼次が目を凝らすと、小万年青の鉢の絵柄には、大和絵的な花鳥図が多かった。岩梅に鳥、もみじに鹿、竹に虎、粟《あわ》に鶉《うずら》等の図柄が見てとれる。

絵の色には赤・黄・緑、そして青・紫・金などが用いられていて、これらの色彩は柔らかく暖かな雰囲気を感じさせる。

たとえ小さな植木鉢といえども、非対称であり、濁手《にごしで》と呼ばれる独特の乳白色、余白の豊かな構図が特長であった。

「いやはや、掛け値なしに本当にたいしたお宝でございますよ」

松助は幾度もため息をついた。

「よろしく頼む」

そこでやっと岸田は桂助たちの方を見た。

「話は向こうで聞こう」

岸田が先に立って歩いて行った先は客間の縁側で、縁先には撒《ま》かれている粟の粒を目当てに雀《すずめ》が数羽、ちゅんちゅんと集っていた。

「今年は寒さが早かったゆえ、生き物たちには難儀が続きそうだ」

岸田は眉間に深い皺《しわ》を寄せたまま、餌をついばむ雀たちに目を細めた。

「文にてご指示の治療無事務め終えました」

桂助は小島家での治療について大略を話した。

「それはよかった、礼を言うぞ」

岸田はごく浅く頭を垂れて、

「歯を失って後、食への望みまで断たれ、命まで落とす者は多い。それでも年を経てきたわしのような者ならともかく、若い身空でのむしばゆえの歯抜きは聞いただけで気が塞ぐ。そちも同様ではないか？」

桂助に同意を求めた。

「まこと、そうなのでございます」

この後桂助は先ほどから鋼次に明かし続けていたような胸の裡を滔々《とうとう》と話した。

——駄目だよ、桂さん、こんな奴の前で思いの丈を話したりしちゃあ——どこにつけ込まれるか、わかったもんじゃない——

無言で聞いていた岸田は、

「面白いものを見せてやろう、まあ、上がれ」

自ら縁先で草履を脱ぐと客間へと上がった。

「小万年青の小鉢が柿右衛門ばかりなのは、我が家系の先々代が小万年青と柿右衛門に目がなかったからだと聞いているが、誂《あつら》えさせた小鉢のほかにもとっておきの品がある」

岸田は用人を呼んで、

「蔵から異国の柿右衛門を中皿の柿右衛門と一緒にここへ持ってまいれ」

真顔で命じた。

——何だよ、異国の柿右衛門って？　柿右衛門は柿右衛門、一つだろうが——

鋼次には岸田が何を見せようとしているのか、皆目見当がつかなかった。

しばらくして用人が紐《ひも》の掛かった木箱を紐の掛かっていない木箱の上に載せて運んできた。

「並べるように」

中皿と大皿が隣り合って並べられた。

「中皿がまごうことなき柿右衛門の作、大皿の方は柿右衛門写しだ」

――柿右衛門写しっていったい何だよ――

鋼次の心の呟きが聞こえたかのように、

「異国ではマイセンと呼ばれる、広く知られた窯元《かまもと》がいて、柿右衛門の質の高さを取り入れようと、そっくり真似《まね》たものを焼いていた時期もあったとのことだ。マイセンが我が国へ入ってきているという話を聞いた先々代が、この大皿を見て、あまりに手持ちの中皿に絵が似ていたのでいい値で買ったのだそうだ」

岸田はこれらの謂《いわ》れについて話した。

「たしかに絵柄は一緒ですが、中皿の柿右衛門の方がずっといいように思います。中皿の花鳥には鮮やかで透明感がありますが、異国の大皿の絵の方は不透明で濁った感じです」

桂助は正直な感想を述べ、

「柿右衛門の小鳥は軽やかで可愛いけど、異国のときたら、どっしり、ぼってりしすぎてる。これでよく飛んでられるなって不思議なくれえだ。これはどんなに異国の方のを欲目に見ても柿右衛門の勝ちさ」

つい口走った鋼次も同様の思いだった。

「わしも同じだ」

岸田は大きく頷くと、

「たしかに異国は驚くほどさまざまに進んでいると聞いている。最たるものが医術や口中治療なのかもしれぬ。だから、藤屋、そなたがむしばを抜かずに治せるという、異国の器械や技に取り憑《つ》かれるのも無理はないと思う。ただし、これだけは言っておきたい。こちらの良さや優れた点まで忘れてしまっては、異国に学ぶどころか、取り込まれて骨抜きになってしまうぞ」

口をへの字に曲げて引き結んだ。

七

——ってえこたあ、岸田が桂さんを異国人や異国のモノばっかしわさわさしてる、横浜なんぞに行くのを勧めたりしねえってことだよな。岸田にしちゃあ、上出来じゃねえか——

鋼次はほっと胸を撫《な》で下ろし、桂助は終始無言だった。

——よかった、よかった。けど桂さんは一度こうと決めると梃子《てこ》でも動かねえとこあるからなあ、伝手ならさんま屋ってえ、居留地に通じてる奴にもあることだし、こいつはしばらく目が離せねえや——

懸念を捨てきれずにいた鋼次は、常より多く〈いしゃ・は・くち〉を訪れるようになった。

そのたびに桂助は、

「このところ、よく寄ってきてくれて薬草園の世話をしてくれるのはとてもありがたいです。でも、美鈴さんやお佳ちゃんに悪いですよ。本業の房楊枝作りだってあるんだし。〈いしゃ・は・くち〉のことはあまり気にしないでください」

恐縮しきって断りの言葉を口にし続けた。

そんなある日のこと、鋼次が〈いしゃ・は・くち〉へと向かうさくら坂を上っていると、

「あらぁ」

後ろから追いついてきていた乗物から声がかかった。乗物は四方が板張りで引き戸があり、屋根もある。三方の窓には簾《すだれ》が付いた宝泉寺《ほうせんじ》駕籠《かご》であった。引き戸が付いているので駕籠ではなく乗物であり、裕福な町人が用いる物であった。

――おかしいなあ。金持ちには縁がねえんだがな。偉いお武家は一人知ってるが、今のは女の声だったぜ――

「ちょっと、待って、鋼次さん」

鋼次が立ち止まると、相手も乗物を止めさせた。

「お久しぶりね」

乗物から降りた、中年増《ちゅうどしま》が鋼次の前に立って微笑《ほほえ》んだ。

相手は色数の多い華やかな友禅《ゆうぜん》の着物のせいもあるが、ぱっと目につく明るい雰囲気を漂わせていた。

「お房《ふさ》さん」

桂助の妹のお房は室町《むろまち》にある、大島紬《おおしまつむぎ》にかけては江戸一を誇る老舗《しにせ》の息子である太《た》吉《きち》を婿にした藤屋の後継娘であった。

稀代《きたい》の悪党岩田屋に見込まれて悪事に長《た》けた三男を婿にしてしまい、藤屋の身代が狙われてお房は危うく命まで取られかけたこともあった。

桂助の機転で事なきを得た後もいろいろあったが、今では藤屋の押しも押されもせぬ女主《おんなあるじ》である。もちろん太吉との間に子も成している。

「呉服問屋の女主はこのくらいじゃないと駄目なのよ、何も振り袖を着ているわけじゃなし、いいじゃないの――」

お房は母親のお絹が目を白黒させるのをよそに、とかく派手めな着物を好んで着るようになっていた。

それに伴って、やや引っ込み思案だった性格が嘘だったかのように、商いにも押しの強さと引きの鮮やかさの両方が巧みに加わり、両親は何の不安もなく隠居暮らしが楽しめていた。まさに藤屋の前途は順風満帆であった。

「弁天神社の境内で房楊枝や歯磨き粉、お歯黒まで売ってるなんて、鋼次さん、凄いわ」

お房は乗物を帰して、鋼次と並んで〈いしゃ・は・くち〉までの上り坂を歩いてい

「甲斐性《かいしょう》があるのは俺じゃねえ、女房の美鈴の方だよ、義親《おや》の後ろ盾もあるしね」

正直に応えた鋼次は、

――あんたんとこと同じだよ――

という言葉をあわてて呑み込んだ。

「それじゃ、美鈴さんに伝えといてくれない？　尊皇だの、攘夷だのってどう転ぶかわかんない、不安な世の中だからこそ、商いに気合いを入れなきゃいけないってる。――」

お房は物言いをやや強めた。

「商いに慢心は禁物だ、俺たちは手抜きや楽をせずに一生懸命やってる」

「まあ、それも大事だけどねえ――」

お房は口籠もり、

「あんた、いったい何が言いてえんだよ。うちはちっぽけな商いかもしんねえけど、あんたの藤屋と同じぐれえ頑張ってんだ。もっとも、うちと藤屋じゃ比べようもねえんだけど」

商いの大小を指摘されたような気がした鋼次は不快になった。

「簡単に言うとね、いくら今がいいからって、藤屋《うち》が呉服、鋼次さんとこが房楊枝だけで、この先ずっとやってけるかってことなのよ」

お房は真顔で言った。

「うちはともかく、大店の藤屋ときたら権現様の頃からの老舗だろうが――」

鋼次はまだむっとした表情のままだったが、

「こんな御時世じゃ、そのうち、その大店だってことも、老舗の看板も吹き飛んじゃう日が来るんじゃないかって思うのよね」

「それ、あんたんとこのおとっつぁんや、おっかさんも思ってることなのかい？」

ここでやっと鋼次はお房が変わった物言いで、商いの成功をひけらかしているのではないとわかった。

「ううん」

お房は首を横に振った。

「おとっつぁんたちは徳川様の世がずーっと末永く続いていくもんだと信じてやまないわ。けれど、徳川様も含め、仕えてる御武家様方まで、あんなに借金まみれなのよ。景気がいいのは藩ぐるみで南蛮と抜け荷やってる薩摩だけ。あたしはね、商いをやっていて、お金まわりが詰まった店に先はないと思うのよ。店を畳んだ御主人が一家心中したりするの、よくあることでしょ。だから――」

「徳川様の顚末《てんまつ》も店を畳んだ連中と同じだっていうのかい？　まさか薩摩の田舎もんの天下になるって？」

「そうは思いたくないけどね、それにそこまでになるには、いろいろと血なまぐさいことなんかもあるでしょうけど」

お房は浮かない顔で頷いた。

そんな話をしているうちにさくら坂を上りきった二人は〈いしゃ・は・くち〉の前に来ていた。

「お房じゃないか、珍しい」

桂助が目を丸くして出迎えた。

「カステーラの差し入れかな？」

お房は風呂敷包みを手にしていた。

「ええ、まあね」

「ちょうどいいところへ来た、話ができる。おとっつぁん、おっかさんは達者にしてるだろうね」

「もちろん、ぴんぴんしてるわ」

患者のいない待合処をちらっと目の端に入れたお房は、

「あら、よかったわ」

ふふっと笑って風呂敷包みを開けた。

「ほう、タルタ（タルト）だったのか」

桂助は歓声を上げた。

「風呂敷に包んだ形が丸く平たかったから、俺はカステーラじゃあねえってわかってたよ。あれだったら四角だろうから」

泡立てた卵と小麦粉、ざらめや精白した砂糖を用いて石窯《いしがま》で焼き上げるカステーラを、市中で売る菓子屋はそこそこ増えてきている。

しかし、同じ南蛮菓子でも、馴染《なじ》みが出てきているカステーラと異なり、小麦粉と牛酪《ぎゅうらく》（バター）で土台となる生地を作り、ここに唐芋《からいも》や栗、カボチャ等の練り餡《あん》をたっぷりと載せて焼くタルタを知る者は少なかった。

「なつかしい」

桂助と鋼次は同時に洩らした。

——そうだよな、秋から冬にかけて、岸田が都合して届けてくれた牛酪を使って、桂さんが長崎に居た頃覚えたってえ、タルタを皆で作ってた。ここには石窯なんてねえから、鉄鍋を竈《かまど》にかけて焼き加減をそこそこいい具合にしてた。志保さん、薬草の手入れや患者さんを怖がらせない工夫の藍染め布だけじゃなしに、タルタの火の加減も上手だったな。タルタ、桂さんが覚えてたから出来たんだけど、志保さんなしではきっと焼け焦げになっちまってたろう、でも今志保さんはここにいない――

鋼次はもの悲しい気分になってきた。

目が合った桂助は、

――これはもう、とても――

一瞬の目の潤みを隠すために俯《うつむ》きつつ、

「それにしても綺麗な仕上がりだな」

お房のタルタを褒めた。

「タルタをあたしに教えてくれた時、兄さん、これは食べ応えがあって、元気が出て、ご飯代わりにもいいって言ってたでしょう。それでね、うちでは石窯を買って、昼餉や夜食に拵《こしら》えてるのよ。兄さんも鋼次さんも昼餉まだでしょう？　さあ、食べましょうよ」

こうして三人は座敷に集ってタルタの昼餉を摂った。

「こんな珍しいものが手に入ったのよ。さあ飲みましょうよ、兄さんは長崎を思い出すはず」

鉄瓶を火鉢に載せて湯を沸かしたお房は湯呑みで紅茶を振る舞ってくれた。

「苦いっ。何だ、これ」

鋼次が顔をしかめると、

「これはこうして飲むのよ」

お房は巾着袋から取り出した白砂糖を適量、自分の湯呑みに入れた後、くるくると木匙《きさじ》で掻《か》き回した。

「はい、どうぞ」

白砂糖と木匙が回された。

「美味いっ」

鋼次の口元がほころび、

「やっぱりタルタとよく合いますね――」

桂助は微笑んだ。

第二話　唐子《からこ》咲《さ》き

一

「居留地横浜の異人さんたちは始終、このタルタみたいなお菓子を食べてるんでしょうね」

さりげなくお房《ふさ》は切りだした。

「横浜じゃあ、牛肉を串に刺して浜辺で売ってるそうよ。それがあんまり人気なもんだから、牛鍋屋も始めて、とても繁盛してるんですって。牛肉と葱《ねぎ》をお味噌《みそ》と白砂糖で煮たものだそうだけど、たいそう精がつくんだとか——、兄さん、食べてみたくない？」

「冗談じゃないっ、あんなもん食ったら牛の角《つの》が生えちまうぜ」

桂助《けいすけ》に代わって鋼次《こうじ》が息巻いた。

「そういうけど鋼さん、今食べたタルタだって牛の乳を固めたものでしょう？　前に食べた時に角が生えましたか？」

桂助の言葉に、

「そ、そりゃあ、そうだけど乳と肉は違うぜ」

鋼次は反撃したが、

「あら、牡丹《ぼたん》（猪肉《ししにく》）や紅葉《もみじ》（鹿肉《しかにく》）を鍋にして商ってる店は市中に結構あるわよ。狸《たぬき》や狐《きつね》なんかまで売ってるもんじ屋だってあるし。鶏屋《とりや》で売られてて、珍しいとはいえない野鳥や鶏、兎《うさぎ》だって肉でしょうが――。あたしたち、日々肉を食べ慣れてるとまでは言えないけど、まったく馴染《なじ》みのないもんじゃないでしょ？」

お房は理路整然と言い切った。

――かなわねえ――

鋼次は返す言葉が見つからなかった。

「是非とも、牛鍋と牡丹鍋や紅葉鍋の味の違いを知りたいものです」

桂助はお房の誘いに乗った。

「それには兄さん、居留地の伊勢通《いせつう》に行かないと。伊勢通はね、元は浜辺で牛肉を串に刺して売ったんですって。それが飛ぶように売れるんで、機を見るに敏だった伊勢通は一番乗りで牛鍋屋を開いたのよ。珍しいだけではなく、牛肉には独特の深くて濃い旨味《うまみ》があって、それが精の元ってことにもなって、なかなか繁盛してるそうよ」

「ますます行きたくなりました、ねえ？」

桂助は鋼次に相づちをもとめてきた。

「美味《うま》いものはたしかにいいけど」

鋼次が渋々頷《うなず》き、

「さっき歩いてた時、あんたが言ってた、呉服屋以外の商いって、それのことかい？」

ずばりと訊《き》いてみた。

「まさか。この市中で牛鍋屋を開いたって、横浜とは地続きなんだから、一番乗りじゃあないわ。どうせやるなら、誰も考えつかない、新しい商いをあたしはやってみたいのよね」

お房の目がきらきらと輝いている。

「へえ、どんな商い？」

桂助は真顔で訊いた。

――せめて、おとっつぁん、おっかさんが苦虫を潰したような顔にならない商いだといいのだが――

商いに疎い桂助には見当もつかなかった。

「当ててみてよ。兄さんなら、あたしのことよくわかってるはず」

お房は子供の頃に戻ったかのような茶目っ気を見せた。

「居留地の異人たちは着物なんかより、ずっと動きやすいものを纏《まと》ってると耳にしている。男は幅広の股引《ももひき》のようなのをはいてるそうだ。この先も横浜で異国との取り引きを続けていたら、あれは流行《はや》ると見たよ。何せ便利そうだからね。藤屋《うち》は呉服屋だから、異人の着ている者に似た着物作りを始めてもおかしくはない」

正直、この程度なら両親も多少文句を言うくらいで済むだろうと桂助は思った。

「残念ながら外れ。あたしが考えてる商いは口中医屋というか歯医者。兄さんの〈いしゃ・は・くち〉と鋼次さんの生業《なりわい》を一緒にしたような仕事よ」

「歯医者？」

口に出したのは鋼次だったが、桂助も首を傾《かし》げている。

「それ、何だい？　今と変わったとこあんのか？」

今も桂助は虫歯や歯草《はくさ》（歯周病）の予防に鋼次の作る房楊枝《ふさようじ》を薦める等、協力関係を続けていた。桂助の患者の大半が鋼次のお得意様でもあった。

するとお房は突然、

「あ、嫌っ、またしみて痛んできたわ」

片頬を押さえた。

「女って子供を産むとがくっと歯が悪くなるって言われてるでしょ。でも、あたしは、おっかさん譲りの自慢のむしば知らずだったのよ。ところが、このところ、よくしみるのよね。お店《たな》の仕事や子育てに追われて、しばらく、口濯《くちゆす》ぎや房楊枝使いを怠ってたせいね、きっと。好物の金平糖《こんぺいとう》をばりばり嚙《か》み砕く癖も禍《わざわい》してるんだわ」

「むしばか――」

桂助は小島《こじま》家からの帰路、鋼次に見せた怒りの籠もった暗い目になった。

「診《み》てやろう」

桂助はお房に口を開くよう促した。

鋼次はあわてて手燭《てしょく》を用意した。

柄のついた小さな両面鏡を動かして虫歯を探していた桂助は、

「駄目だな」

やや捨て鉢な物言いになった。

「あんなに綺麗《きれい》な歯だったのに、今はむしばが奥歯に四箇所もある。今のところはしみて痛む程度で、何もしないでも治まるが、そのうちずきずき疼《うず》いて薬を詰めて痛みを抑えることになる。それもそう長くは効き目がなく――」

途切れた桂助の言葉の続きを、

「いずれは抜くことになるのよね」

お房が補った。

桂助の絶望の表情は青ざめてさえ見えたが、お房の方はむしろ嬉々《きき》としている。

──これ、何だか、おかしかねえか？　抜かなきゃなんねえのはお房さんの歯だろ？　がっくりくるのはお房さんの方だろうが──

「たとえ兄さんが歯抜きの名人でも、あたしはもう二度と生えて来ない歯を抜いてほしくないっ」

お房の強い物言いに桂助はもっともだとばかりに深く頷いた。

「歯も口中にある間は生きている。わたしだって命あるものに止《とど》めを刺したくない。できれば心《しん》の臓が止まる時まで共に生き存《なが》えさせたい。冒されたら最後、歯の息の根を止めるむしばには積年の恨みさえある、不倶戴天《ふぐたいてん》の敵だ。是非とも根絶やしにしたい」

知らずと桂助は声を震わせていた。

──す、すげえ、むしばを相手に戦《いくさ》かよ──

鋼次は桂助のいつにない言葉の迫力に押された。

「そうよね、そうそう」

お房は桂助に賛同しつつ、

「あたしには、兄さんならきっとそう言うだろうってわかってたわ。兄さんの気性なら、痛みで苦しめるだけじゃなく、嚙《か》める歯まで抜かなくてはならないむしばをどれほど憎んでるかってこと——」

しみじみと洩《も》らした。

——けどさ、むしばがあるから桂さんは市中一の歯抜きの名人になれたんじゃないのか？　それに根絶やしになんて出来るもんなのかよ——

「でも、これからはむしばは抜かずに済むのよ」

お房はにっこりと笑い、

「あたしね、実は三日後に居留地でむしばを治してもらうことになってるの」

さらりと言ってのけて、桂助と鋼次を驚かせた。

「本当？」

桂助は仰天しつつも、その目をきらりと輝かせた。

「居留地の口中医って、どうせ異人なんだろう？」

鋼次は冷や水を浴びせかけられたような不安に戦《おのの》き、

——よりによって、牛肉食いが祟《たた》って、赤や金の髪の毛で角を隠してるかもしんない異人なんかに診《み》てもらうなんて——

思わず身震いさえ出た。

「もちろんよ。ウエストレーキという名のメリケン人。居留地に住まう異人の数が増えて、歯痛で悩む人たちも多くなったってことで本国から来て、開業してるんですって。何でも、それ用に作られてる器械でむしばになってる歯から、むしの食ってる部分を削り取って、金や銀で後処理をするのがお得意だそうよ。これで死ぬまでその歯は痛まずほぼ安泰。ね、凄《すご》いでしょっ？　異人じゃなくても、異人とのつきあいが苦にならない人たちは治してもらってるし、背に腹はかえられずこっそり通ってるお大名方も何人かいるみたいよ」

お房に相づちをもとめられた鋼次だったが、

──何だか、こちとらはむしばでもねえのに歯が痛くなってきたぜ──

思わず顔を顰《しか》めた。

一方の桂助は、

「お願いだ、わたしも是非同行させてほしい」

珍しく大声で乞うた。

──やっぱり、そう来るか──

鋼次はまだ幾らか震えてはいたが、

「もちろん俺も行く」

桂助に負けじとばかりに声を張った。

「まあ、うれしい。あたしが考えてる歯医者っていうのはね、器械でむしば治しをする口中医と、後処理のための金銀加工ができる職人さんがいるお店なのよ。かざり職だった鋼次さんなら、金銀加工なんてお手のものでしょ。鋼次さんは兄さんと同じくらい、歯医者には大事な人。だから、兄さんと一緒に異人の治しっぷりを見てほしいと思ってたのよね、よかった、よかった」

お房は両掌《りょうて》を打ち合わせてにこにこと笑い、

——何だか、商い上手を通り越して、桂さんの妹の突拍子もない思惑通りになっちまってる気もするが、俺にとっちゃ、桂さんは美鈴《みすず》やお佳《よし》と同じくれえ大事だ、何かあっちゃぁいけねえ。桂さんを守るためなら、地獄でも居留地でもついていくぜ——

鋼次の覚悟はさらに強くなった。

二

お房と一緒に居留地へ出かける日が明日と迫った。

「止めても無駄だぜ」

緊張しきった面持ちの鋼次から居留地行きの経緯《いきさつ》を告げられた美鈴は、

「止めっこないわよ、どうぞ、どうぞ、行ってらっしゃい。藤屋《ふじや》のお房さんの先読み、さすがだわ。あたしもね、横浜で何か新しい商いが出来ないものかって、考えてたとこなのよ。これからは絶対世の中が変わって流行る商いも変わってくるもの。今まで通りやってちゃ駄目。なるほど、聞き慣れない言葉だけど歯医者とはねえ。確かに歯のお医者だから歯医者、よく思いついたもんだわ。桂助先生だけじゃなしに、あんたまで腕を買われたんだから、しっかり異人の口中の先生のやり方を見てきてちょうだいね」

満面の笑みで送りだした。

お房は早朝、先に乗物で日本橋を発《た》ち、桂助と鋼次が後を追った。居留地までは品川宿、川崎宿を経て辿《たど》り着く約七里半（約二十九キロ）ほどの道のりであった。

横浜の開港場の中心は川と海で囲われていて、出入のための橋のたもとには関所があった。不審な人物を取り締まるためのものだった。

この関所の内側は関内《かんない》と称され、その東側半分が山下《やました》居留地（山下町と日本大通《にほんおおどおり》の東側半分）であった。

お房はすでに許可を得て日本人が居住、営業している旅籠《はたご》ひのもと屋で一休みしていた。遅れてきた桂助たちとは、ここで落ち合った。

夕餉《ゆうげ》の膳はここへ商いに足を運ぶ日本人好みの煮魚や魚の塩焼き、青物のお浸しや煮物、けんちん汁等が並び、

――ああ、よかった。居留地に入ったとたん、見かけねえ目や髪の色の連中とばかりすれ違ってて、たまに見かける黒い髪の奴《やつ》ときたら弁髪《べんぱつ》とかいう髷（清《しん》時代の男子の髪型）で、どっちも言葉は通じねえ、こりゃあ、きっと宿の飯にも、牛鍋なぞが出てくるんじゃねえかって心配でなんなかったぜ――

鋼次はいそいそと箸を取った。

お房は食膳を下げに来た女中に、

「何か居留地らしい、珍しくて美味しいお菓子ってないの？」

思い切った注文を出した。

「言っとくけど、江戸市中で売られてるカステーラや、作ろうと思えば作れるボーロ、タルタ、クウク（クッキー）は外してね」

半刻（約一時間）ほどして女中頭と思《おぼ》しき年増《としま》の女中が用意してきたのは、つるりとした丸玉で、温かくなければ白玉に似ていた。

口に含んで嚙むと上新粉独特の歯触りと共に黒糖の餡《あん》の甘味がほどよく広がった。

その様子を目にした年配の女中頭は、

「清国で大晦日《おおみそか》に作られているお菓子です。上新粉を湯でよく練り、大人の親指大に千切って、広げたその中に黒糖の餡を入れて茹《ゆ》で上げたものです。ここへ泊まられるお客様方には南蛮菓子よりも人気があるんですよ」

にこにこと笑った。

——ま、居留地も思ったほど悪かねえな——

この夜、ここ三日というもの、あれこれ、居留地行きに不安を感じてよく寝つけなかった鋼次は久しぶりにぐっすりと眠れた。

翌日の朝餉も炊きたての飯に、焼いた目刺し、納豆、大根の味噌汁という普段と変わりのない物で、

——何だか市中にいるような気がしてきたぜ——

鋼次はますます落ち着いてきた。

一方、桂助はあまり眠れなかった様子で、

「メリケンの治療ってどんな風なのかしら？　痛いのは嫌だわ」

さしものお房も不安を洩らした。

約束の刻限に三人は山下居留地のウエストレーキの治療所へと向かった。途中、鋼

次が、

「相手と言葉は通じるのかい？」

ふと湧いて来た疑問を口にすると、

「それは大丈夫、わたしたちの言葉だけではなしに、メリケン人の使う英語、同じ英語でもかなり違うっていうエゲレス人のもの、それと両親《ふたおや》の生国、清の中華語を自在に操れる、達者な通詞《つうじ》さんをお願いしてるから。ウエストレーキ先生のところで待ってくれてるはずよ」

お房が答えた。

ウエストレーキが開業しているというこじんまりした家は、白すぎない黄みがかった漆喰《しっくい》の壁から温かい印象を受けた。その家の前には、すらりとした長身に弁髪が映える若い男が立っていて、

「キングドン商会の劉元徳《リイウユアンデエ》です」

きっちりと腰を折って挨拶した。

「異国風の旅館や料亭の経営もしているキングドン商会は、居留地一の大店《おおだな》で、劉元徳さんはそこの専属通詞なのよ。今日は知り合いに頼んで、主《あるじ》のキングドンさんに無理を言い、やっとお願いできたのよ」

お房が桂助に告げた。

太めの股引のようなものを穿《は》き、白い上着の袖をまくりあげたウエストレーキは、中年を少し過ぎた年齢《とし》で痩せて背が高く、骨ばった彫りの深い顔は白いというよりも赤く、赤毛の髪を生え際から後ろに撫《な》でつけていた。

――まさに赤鬼――

鋼次は怖気《おじけ》づいたが、

「ダイジョブ、ダイジョブ」

相手に片言の日本語で微笑《ほほえ》まれると、覚悟を決めたお房は治療用の椅子に座って目を閉じた。

まずは透明な液体が三分の一ほど入った装置がお房の鼻に近づけられた。ウエストレーキの片手は丸いゴムを握っていて、しゅっしゅっと音を立てて押していく。

――何だ、そりゃあ――

何やら強く匂ってきて、お房と同じ部屋にいるせいか鋼次まで頭がもーっとしてきた。

「これがエーテル麻酔だよ、鋼さん」

桂助が囁《ささや》いた。

ウエストレーキが早口で劉元徳に話しかけた。

「治療の痛みを取るガスが出ています。思いきり吸ってください」

劉元徳がお房に伝えた。

「はーい」

応えたお房は語尾を引き、次にはがくりと頭を傾けかけたが、ウエストレーキは素早くその頭を椅子の背もたれに押しつけると、ぐいと口をこじ開けて、電光石火、桂助が使っているのとあまり変わらない柄のついた両面鏡を繰り出し、フォーと呟《つぶや》いた後、また、劉元徳に話した。

「むしばは四箇所、一箇所だけ痛みが相当出ていて、穴もやや深いが、後の三箇所はごく浅いので、明後日には完全に治せるとのことです」

劉元徳は桂助たちに告げ、ウエストレーキは長さと形に多少の違いがある、人差し指を折り曲げた形の刃が付いた器具を並べはじめた。

「先に浅いむしばを削り取るそうです」

その足踏み式の虫歯削り器は四本あったが、そのどれが今、使われているのか、わからぬほどの素早さでウエストレーキの小さくてよくしなる利き手が動いた。そしてまた劉元徳に話す。

「最後に痛みもあって、やや穴が深いむしばを削りとるとのことです。ここまでになると治療で削っても痛むので、最初に麻酔を使ったのはこのためだったそうです」

ウエストレーキは足踏み式の歯を削る器械にドリルを付けた。

今度は前ほど早くは終わらなかった。それからさまざまな形のドリルをつけ替えた。

さらにもう一本、二本――。

師走だというのにウエストレーキの額から汗が噴き出し、咄嗟《とっさ》に桂助は持ち合わせていた手拭いを出して、ウエストレーキの額から流れる汗を拭った。

「サンキュー、ベリーマッチ」

ウエストレーキの言葉に、

「ユーアー、ウエルカム」

桂助は返した。

見ていた鋼次が、

「これ、ありがてえ、いやいやそんな――ってえやりとりかい？」

劉元徳に確かめると、

「その通りです」

微笑みながら頷いた。

こうして、十本近いドリルの付いた足踏み式の虫歯削り器が使われる間、桂助は何度か、ウエストレーキの汗を拭いた。

削りが終わると、次は虫に食われた部分を削った後の歯の形の型をとる。これにはゴムの一種が使われた。

ウエストレーキはゆっくりと間を置きながら劉元徳に話を伝えていく。

「削ったむしばの部分を金箔《きんぱく》や銀アマルガムで置き換えて詰めておくと、むしばの進行が止まるのだそうです。この充塡《じゅうてん》法が考えだされるまで、むしばは抜くしかなく、むしばに罹《かか》った人たちの痛み、苦しみははかりしれず、歯の医者をしていた先人たちは、このやり方に出会って感激のあまり、うれし涙にくれたことでしょう――と、ウエストレーキ先生はおっしゃっておいでです」

ウエストレーキは先人たちの感動に想《おも》いを馳《は》せたのか、目を瞬《しばたた》かせ、劉元徳の声もいくらか湿っていた。

「歯の根の治療をして抜かずに残すメリケン渡りの最新の技術を初めて目にしたこのわたしたちも、そちらの国の先人たちと同じ想いだとお伝えください」

桂助は感無量であった。

ほどなくお房があーっと欠伸《あくび》をして目覚めた。麻酔が時の過ぎるを忘れさせていて、

「あたしのむしば、ぎりぎりがりがり削られるのよね、これから――」

怯《おび》えたように身をすくめたが、

「もう、削るのはすっかり終わった」

桂助の言葉に、

「ええっ？　嘘《うそ》、あ、でもそういえばあの鞠《まり》みたいなものの形を覚えてるわ、ふーっと大きく吸い込んだことも思い出した。ほんとに、あたしが眠ってる間に済んだのね、ああ、何って幸せなんだろ」

お房は両手を上げて大きな伸びをした。

三

その間、ウエストレーキと劉元徳のやり取りが続いていた。そして、

「居留地での開業に際して、江戸市中の歯医者事情について調べたウエストレーキ先生は、藤屋桂助さん、あなたが歯抜きの名人であることをご存じです。それで是非ともその技を披露していただきたいそうです。また、先生はあなたと歯の治療について

諸々《もろもろ》の話をしたいとおっしゃっています。ただ、ここ二日ほどは、あなたの妹さんも含めて遠方からの患者がたて込んでいるので、少し長くここへ逗留《とうりゅう》していただけないものかと――」

ウエストレーキの桂助への想いを告げた。

――へえ、この口中医の異人が桂さんの名声を知ってるとはな。なかなかよろしい――

鋼次には目の前のひょろ長く痩せて顔も髪も赤い男が、赤鬼などではなく、急に好ましい相手に見えてきた。

「わかりました。わたしも全く同じ想いです。いろいろ教えていただきたいこともありますので、ウエストレーキ先生のご都合に合わせるべく、この地に逗留させていただくとお伝えください」

桂助の想いもまた劉元徳の口を経て伝わり、ウエストレーキの差しのばした片手を、桂助は両手で握りしめていた。

一方、

「舌で確かめてみるとむしばの歯に削った証《あかし》のざらざらがあるから、削り治療は終わったんだろうけど、それがなきゃ、今でもそんな治療受けたこと信じられないわ」

興奮気味のお房を、

「ずっと見守っていたのだから本当だよ、もう心配ない。これから少し宿で休むといい」

桂助は宥《なだ》め、

「お世話になりました。引き続きよろしくお願いします」

劉元徳に礼を言うと、鋼次と共に三人はウエストレーキの治療所を出て旅籠へと戻った。

ところが旅籠では、

「あら、どうしよう」

「今日、江戸へお帰りじゃなかったんですか？」

迎えた女中たちが次々に頓狂な声を上げた。行き違いが生じていたのだ。

「何日になるかわからないと言ってあったはずだけど」

さすがのお房も苦い顔で苦情を言った。

「お泊まり頂きたいのは山々なんですけれど、なにぶん、あの方々なので――」

女中頭は声を低めて渋面《じゅうめん》を作った。

「ここらに旅籠はまだあるんだろう？」

鋼次の問いに、

「何軒かございますが、おそらく空きはないものと思います」

「やっぱりあの筋かい？」

「中には腕の立つ浪人さんも混じっておられて――、正直恐ろしいので、そうしろと言われれば、たとえ空きがあっても無いと応えて、その方々の貸し切りになるんです。このところ何ヶ月かに一度はある会で、御時世に逆らって、夜通し、〝出て行け毛唐《けとう》〟、〝毛唐てっめぇ〟などと大声を張ってて――」

女中頭の声が震えた。

「それじゃ、仕方がないわね」

決断の早いお房は紙と筆を借りて、劉元徳に宛てて以下の文《ふみ》をしたためた。

今宵《こよい》、居留地の宿はいっぱいで泊まれません。あなたのご主人のキングドンさんなら、異人向きの宿をされていて、空きがあるのではないかと期待しています。

わたしたちは昨日泊まった、ひのもと屋で待っています。

何とかお願いします。

藤屋　房

劉元徳様

三人は唯一空いていた布団部屋で待たされ、劉元徳が迎えにきてくれた頃には師走の日も暮れて、火鉢一つない寒さが身にしみてきていた。

「ご案内いたします」

劉元徳がてきぱきと三人分の荷物を運んだ。お房は袖手《しゅうしゅ》して、〝寒い、寒い、それにお腹《なか》が空《す》いた〟と呟き続けながら、はやる気持ちで外へ走り出て、

「あら、まあ」

感嘆の声を上げた。

二人もお房に続いた。

鋼次は、

「何だよ、これ」

目を丸くしたが、

「ここへ出入りしている知り合いのさんま屋さんから絵を見せてもらったことがありました。おそらく異国では珍しくない馬車というものでしょう」

桂助は説明し、

「駕籠や乗物は一挺《ちょう》に一人だけど、これは何人か乗れる、いいわね」

お房は西洋人の御者の案内で乗り込んだ。年配の御者は凹凸のある皺《しわ》深い顔に、風を除《よ》けるために潰れた丸い帽子を被《かぶ》っている。帽子からはみ出た白髪と皺の中に埋まっている垂れ目がなぜか悲しげだった。

桂助たちも続き、何とかあと一人は乗れそうだったので誘ったが、

「わたしは使用人ですから歩いてきましたし、歩いてキングドン様の屋敷まで帰ります。どうか、わたしのことなど構わずに——。お着きになったら応接間でお待ちください」

劉元徳は首を横に振った。


馬車は鉄製の扉の前に止まり、御者が合図をすると扉が開けられた。門を入ると、城のように見える豪邸に向かって馬車はゆっくりと走り、玄関の前で止まった。そこには開いた衿《えり》のある黒い上着と揃《そろ》いのものを穿いた、若く、金色の髪を撫でつけている西洋人が出迎えるかのように立っていた。同じ西洋人でも御者に比べて上質な身形《みなり》をしているだけではなく、ややもすると、冷たさにもつながりがちな品位と知性が見てとれた。

「あたしは異人向きの旅籠でいいっていったんだけどね。ここ、キングドンさんのお屋敷みたい」

好奇心旺盛なお房は半ば面白がっている。

――冗談じゃねえ、今度こそほんとの赤鬼が出てきて食われちまいそうだ――

鋼次は青ざめた。

玄関で馬車から下りた桂助たちは深々と相手に一礼したが、返礼はなく、しばしの間、目の前の若い男と睨《にら》み合うかのように向かい合った。

「俺たちを待ってたはずなのに、ここまですげないのはちょいとおかしかねえか？」

鋼次の疑問に、

「エゲレスには京のお公家《くげ》様たちみたいな方々がいるって聞いたことあるけど、人の出迎えなんてしないはずよ」

お房が首をかしげ、

「旗本屋敷の用人ではないかと思います。鋼さん、言葉の通じないせいで相手は警戒してるんです。それに西洋にはわたしたちの間で行われている、辞儀する習慣はないとも聞いています。礼を返さないからといって睨み返したりしては駄目ですよ」

桂助の言葉に、

「そうか」

「なるほどね」

二人は頷いた。

しばらくして、裏手から劉元徳が走って現れた。全速力で走ってきた証に息を激しく切らしている。

劉元徳が姿を見せたとたん、黒い上下服で金色の髪の男から怒号が上がった。早口でまくしたてる相手に劉元徳も負けてはいない。

エゲレス語が飛び交い、二人はまさに一触即発の形相になった。双方とも拳を固めて振り上げかけている。

――この分じゃ、どっちかの拳が繰り出されて大喧嘩《おおげんか》になるぜ――

鋼次が息を詰めた時、

「あたしたちはそっちのけね。それでいいのかしら？」

言ってのけたお房が強い目で二人の顔を交互に睨んだ。そのとたん二人は拳を下ろした。

「申しわけありませんでした、ご案内いたします」

劉元徳がお房と桂助の荷物を手にすると、喧嘩をしかけた相手は残った鋼次の背負袋を手にした。

「その者はクラーク・ミラー、キングドン様の従者見習いです」

劉元徳はクラーク・ミラーを三人に紹介した。

こうして三人はキングドン邸の客間三室で各々荷を解いた後、大きな背もたれのある、何人もが座れるふかふかの椅子が置かれている大広間に集められた。

大広間の中央には真紅の椿《つばき》の花が大きな磁器の花瓶に活《い》けられていた。その花瓶にも椿の花が何輪も染め付けられていて、

「あら、綺麗、立派」

お房は讃《たた》えたが、

──毛唐の趣味はくどくていけねえ──

感心しなかった鋼次は、

──そもそもこの椿に似ているのは、市中で見かけることもあるにはあるが、これほど派手じゃねえ。こいつは咲いてる様子があんまり──。花びらと同じ真っ赤な雄しべの一本一本がでかくて、それぞれが匙《さじ》みてえな形で、取り囲まれてる雌しべが見えねえ。椿の化け物みてぇ? 俺は黄色い蕊《しべ》の類が細くて小さく、花びらが一重でさらっと咲いてる椿が好きなんだがな。あれじゃなきゃ、椿を粋とはいえねえよ──

すぐに目を背けた。

四

「これは東洋から西洋へ運ばれて行って、改良を加えられて出来た、あちらではたいそう人気の高い唐子咲《からこさ》きの椿です。西洋の方々は八重咲きがお好きなのでしょう。このお屋敷にある椿だけの温室で育てられて飾られています」

劉元徳がお房の方を見て説明した。

「それにしても華やかな椿ねえ」

「雄しべに改良を入れて花びらのように見せていますから。御主人様はたいそうこの椿がお好きです、これよりもっとお好きなのは――」

劉元徳は先を続けかけて止《や》め、大広間の外へと走り出た。ヘンリー・キングドンと思われる、どっしりと上背と横幅があり、顎《あご》に見事な鬚《ひげ》を蓄え、仕立てのいい細かな格子柄の上下を着込み、金で出来た懐中時計を腰から下げた人物が部屋に入ってきたせいであった。

年齢《とし》の頃は四十四、五歳。赤毛の鬚に白いものが多少混じっているとはいえ、目鼻口は生き生きと大きく、同じ西洋人でもウエストレーキのように荒れて赤味のある顔ではなく、日焼けした顔の皮膚は艶々していて、暮らしぶりの良さが窺えた。

桂助たちは反射的にふかふかの椅子から立ち上がったが、

「どうぞ、そのまま」

驚いたことにエゲレス人のヘンリー・キングドンは桂助たちの言葉に通じていた。

「わたし、名前、言いません。もうおわかりでしょうから。ただし、サーという称号はそちらへ伝わっていても意味はわからないでしょう。わたし、イングランドの男爵家の跡継ぎです。陽《ひ》の沈まぬ場所はないと言われるほど大繁栄のイングランドの貴族は世界で最も尊い貴族です。わたし、その一人です。ところで通詞の劉元徳と従者見習いのクラーク・ミラー、今日も言い合いしてましたか？」

キングドンはお房の方を見て微笑みつつ、相槌《あいづち》をもとめた。

「ええ」

お房は頷いた。

「やはりね。二人、喧嘩になることもありますが、わたし、気にしていません。二人、とてもよく仕事のできる若者たちですが、わたしの正式な従者になれるのは一人だけです。正式な従者、給料は今の三倍です。なれなかった方は辞めてもらうことになります。なれなかったことに恨みを持ち続けて、近くにいるのはよくありません」

そこでキングドンは呼び鈴を鳴らし、大広間の外で控えていた二人が入ってきた。

クラーク・ミラーは帽子も上下も真っ白なものに着替えている。

――何だよ、これ――

思わず、クラーク・ミラーを見つめた鋼次の耳に、

――これはたぶん西洋の料理人のお仕着せです。長崎で何度か見かけました――

桂助は囁いた。

さすがに主のキングドンの前とあって、二人は騒がしくは話さず、一人一人順番を待って自身の言い分を淡々と訴えていた。

「劉元徳が勝ち」

キングドンは桂助たちのわかる言葉で言い切った。

「ですが、まだ勝負ついてない。クラークの料理で逆転するかも。期待している」

そう告げられた二人が踵《きびす》を返して大広間から下がると、

「クラークは劉があなた方を玄関で待たせたことを怒ってました。劉は使用人は馬車に乗ってはいけないという、わたしの言いつけを守ったのだと言いました。クラークがこの国の言葉を覚えられていれば済んだことだとも。劉の言い分、大変正しい。ク

ラークはゲストのあなた方への非礼を気にしていましたが、これ間違い。なぜなら、どんな時でもわたしが第一でなければなりません。わたし一番。もちろん、あなた方よりも。それにこういうこと、たびたび起きてます。クラークはこの国の言葉学ぶべきです。そうすればあなた方にも非礼、なかったはずでしょ？」

　得意げに目を細めつつ、ゆったりとした口調で二人について話した。

　聞いていた鋼次は、

　――ようはこの樽《たる》が鬚生やしたみてえな姿のおっさん、俺が一番偉いって言ってるんだよな。殿様みてえだ。けど、殿様は自分で一等だなんて言わねえし、たいていは良きにはからえでさ、こんなに細かくあれこれ言わねえだろうが。それとあのクラークって野郎、料理人なんだろ。料理人はもうその仕事だけで忙しいはず。通詞の真似《まね》事《ごと》はまず無理だよ。おっさん、いつまであの二人に続けさせるのかね、従者って奴になるための闘い。おっさん、三倍の給金って餌をぶらさげて目一杯こきつかってるだけ？　虐《いじ》めが趣味？　やっぱり、こいつは赤鬼だな――

　ここへ来て初めてキングドンへの怒りが湧いた。

　この後、キングドンは茶の刻限だと言って、茶と菓子を振る舞ってくれた。

　タルタ生地が三倍ほどに膨れた、掌《てのひら》にちょこんと載るくらいの大きさの菓子の名は、スコーンであるとキングドンは説明してくれた。ジャムと呼んでいる甘く風味豊かな代物《しろもの》を適量つけて食する。

スコーンはジャムをつけなくても充分甘く、

「何て美味しいんでしょ」

腹を空かしていたお房は二つ、三つと夢中で食べ続けたが、

——これは口の中でかさつく、金鍔《きんつば》の方がよっぽど美味い——

鋼次は一つようやっと食べ、

「紅茶とよく合いますね」

桂助は紅茶のお代わりをしつつスコーンを堪能《たんのう》した。

それから、三人はそれぞれに割り当てられた部屋で一休みし、夜の帳《とばり》が下りる頃、今度は恐ろしく長い食卓が鎮座している部屋での夕餉に呼ばれた。三人は廊下で待ち合って、案内役の劉元徳に連れられていく。

「このお屋敷には食堂と呼んでいる、食事用の大きな部屋があります」

食堂の扉が開けられた。

「皆様には使い慣れている箸を用意しました。どうか、箸の置かれているお席におつきください。箸と一緒にある金属製のものは、ナイフ、フォーク、スプーンで、ここ

では箸代わりです」

鋼次は小刀に似たナイフ、庭掃除に使う熊手を思わせるがずっと小さいフォーク、木匙そっくりだが金属製のスプーンに目を凝らした。

——こんな冷たいもんで飯食うのかよ——

劉元徳の助言に従い、三人は箸の置かれていない食卓の中ほどの一席を取り囲むように腰かけた。

「あの、キングドン様は？　あそこが上座では？」

お房は部屋の扉から最も離れている席と桂助を交互に見た。

しかし、入ってきたキングドンはお房と桂助の真ん中に座った。

——大丈夫、ここでは上座がきっとこの席なのだろう——

桂助は目でお房に伝えた。

何と鋼次はキングドンと向かい合う形になった。

——ひぇーっ、くわばら、くわばら——

キングドンは上着の裾が開いた黒の上下で、中に着ているものの白い衿元に黒い蝶《ちょう》結《むす》びを飾っている。そのせいか、大広間で会った時よりも一層堂々として見えた。

独特の香気が漂う赤いものがギヤマン（ガラス）の器に細い脚がついたものに注《つ》が

れた。

「フランスから取り寄せたワインです」

キングドンは胸を張った。

お房と桂助はキングドンに倣って口をつけたが、鋼次は自分の顔の前で手を振り下《げ》戸《こ》を装って御免被った。

――きっとあれは赤鬼の血だ――

濃厚な牛肉の焼けた匂いが漂い、クラーク・ミラーが料理を運んできた。

「本日はイングランドの貴族に倣いましょう」

塊のまま石窯《いしがま》で焼き上げるというローストビーフと、やや厚く切った生の肉をさっと焼いたステーキの両方がもてなされた。

「イングランドの貴族は休みの日に領地で飼ってる牛を食べます」

クラーク・ミラーはローストビーフを切り分けて各々の皿に盛りつけ、キングドンは別の皿に載せられた分厚いステーキにナイフを入れた。

「これが最も美味しい牛の食べ方だ。牛を肉に変えてすぐの新しい肉はこれに限る。味は一切つけない。よくやったな、クラーク。クラーク追い上げて、劉との勝負引き分け」

三人は肉片を噛みしめて喜色満面のキングドンに倣うほかなかった。何とか、見様見真似で使い方を覚えて、どちらの皿の牛肉もナイフとフォークで小さく切り分けた。

——えっ？——

箸で口に運び、一口齧《かじ》ったお房の目が驚いた。

——美味しくないわ——

——だろうけどさ——

さすがに鋼次は一切れ分だけは胃の腑《ふ》におさめた。

——人さまざまなのが味覚です。きっとエゲレス貴族流のキングドン流では、あえて味をつけずに肉を食べるのでしょう——

桂助だけは黙々とキングドンと同じように皿の上の味なし焼き牛肉を完食した。

「結構、結構」

キングドンは桂助を讃える一方、

「イングランド貴族には節約精神がある。貴族とて、食べきれずに残った牛肉は、濃く味付けたり、煮炊きしてスープ、あっ、ええと、汁にして何日も食べる。日が経《た》つにつれて肉は不味《まず》くなるが——。つまり、今宵《こよい》、この最高の肉料理を残したとなれば、イングランド貴族が代々伝えてきた牛肉食いの麗しき伝統に弓引くことになる。男爵の血筋にあるわたしもこれは見逃し難い」

お房と鋼次のほとんど食べられていない牛肉の皿と、二人の顔を交互に見比べて、

「誇り高い我ら貴族は侮蔑を許しません——、今から慌てて食べても遅い、さあ、どうしましょうか？」

ぎらぎらした目で迫った。

五

——どうしよう——

お房は泣きそうな顔になり、

——残したのは確かに悪かったよ——

鋼次は項垂《うなだ》れた。

「申し訳ないことをいたしました」

桂助はまず詫《わ》びて、

「実は二人はわたしの妹と弟分なのです。この国では身内の失敗は身内が償うものです。二人に代わって償わせてください」

頭《こうべ》を垂れた。

「はて、あなたにできることなどあるのですか？」

キングドンは鼻で笑った。

「わたしは歯と口中の医者です。妹がウエストレーキ先生から受けたようなむしばの治療は無理ですが、あまり患者さんを苦しめない歯抜きならできます」

「ほう、祖国でも大の男が泣いて耐えるのが歯抜きの痛み。刑罰や拷問に使われたこともある。何もかも遅れているこの国で、患者を苦しめない歯抜きとはね――」

相手の酔眼が探るように桂助を見据えた。

「桂さんは江戸市中で知らない者のいない歯抜きの名人なんだよ。指で摘《つま》んで何の痛みもなく抜くことだって出来るんだ」

思わず鋼次が口走ると、

「いいことを聞いた」

キングドンはにやりと凄みのある笑みを浮かべて、

「わたしにはウエストレーキが膿《うみ》を取ってくれて、今は痛んでいないものの、いずれ抜かなくてはならないむしばがある。一日延ばしにしているのに歯抜きが嫌だからだ。できるものなら、これを今、弟分がほざいたように、指で摘んで痛みなど感じさせせないで抜いてもらうというのはどうだね」

桂助に詰め寄った。

「それで妹、弟分の非礼を許していただけるならいたしましょう」

応えた桂助に、

「わたしは貴族だが商人としてここに来ている。これは取り引きだと思ってもらいたい」

キングドンはにやにやと笑い続けた。

「まずは口の中を診せてください。わたしは部屋に帰って、荷から器具を取ってきますので、灯《あか》りをお願いします」

桂助の言葉に、控えていたクラーク・ミラーにキングドンが顎をしゃくった。

桂助の方は鋼次に洋燈《ランプ》でキングドンの口中を照らさせつつ、柄付きの両面鏡を使って、キングドンの虫歯を確かめるつもりであった。

桂助が一度部屋へ帰って戻ると、すでに劉元徳が手燭の役目を果たす洋燈を用意していた。

「はい、開いてください」

桂助の指示でキングドンが口を開いた。

曰《いわ》く言い難い悪臭が噴き上げてきた。隣りに座っていたお房は袖で鼻と口を被い、桂助の後ろで洋燈を手にしていた鋼次は、

「ううう っ」

顔を背けて呻《うめ》いた。

さらに離れていた劉元徳でさえも耐えかねて顔を顰めた。

最も近くにいた桂助は、

──何ということだ──

キングドンの口中を冒し尽くしていると言っていい、虫歯だけではない、膿み爛《ただ》れて重い歯草《はくさ》（現在の歯周病）の症状をどうしたものかと思いあぐねていた。なぜか、キングドンが放つ凄まじい口臭は気にならなかった。

──このままではあの岩田屋のようにいずれ命取りになってしまう──

金と権力をあくことなく欲し続けた岩田屋は、歯草の毒が心の臓を冒して最期を迎えたが、さんざん悩まされた相手ではあっても、桂助はこの悪党の治療を諦めずに看《み》取《と》っていた。

キングドンの歯が桂助の両面鏡に当たった。相手は口を開いているのが嫌になって口を閉じようとしている。

口中から両面鏡が引かれると、

「早くやってくれ」

キングドンは不機嫌そうに歯抜きを促した。

「光が充分ではない夜の治療はいたしかねます。それとあなたの口の中は、今は何とかおさまっている歯を抜く前に、即刻処置した方がいい歯茎の病があります。治療の手順を任せてくださいませんか？」

桂助は必死に頼んだが、

「誰にも指図は受けたくない。夜が駄目なら朝一番で抜いてほしい」

キングドンはむっつりした表情で言い切って、立ち上がり、

「もう、寝る」

料理人のお仕着せから、玄関に迎えに出ていた時の黒の上下に着替えたクラーク・ミラーを従わせて食堂から出て行った。

この後三人も各々の部屋へ戻ったが、その際、お房が、

「後で兄さんのところへ行くから待ってて。鋼次さんも来てね」

素早く二人に囁いた。

しばらくして、三人は桂助の部屋に集った。

二人は窓際の椅子に丸い台を挟んで座り、桂助は蘭方医《らんぽうい》の診療台のようだと鋼次が評した寝台の上に腰かけた。

「あたしたち、何だかとっても危ない目に遭いかけてるみたい」

お房の目は思い詰めていた。

「遭いかけてるみたいじゃやねえ、もう遭ってるんだよ」

鋼次の顔もやや青い。

「旅籠に泊まれなかった時、お房はすぐにキングドンさんに頼んだけど、藤屋《うち》とキングドンさん、いったい、どういう関わりがあるのかな？」

桂助は冷静に訊《たず》ねた。

「あたし、おとっつぁんのカラタチバナ仲間で上方の呉服屋さん、西陣屋織左衛門《にしじんやおりざえもん》さんが遊びに来てて、ちょくちょく、キングドンさんのこと、居留地のたいした長者だって話してるのを耳にしてたのね」

一年以上白または黄の実をつけたままの姿を保つことから、子孫繁栄の吉祥樹とされていたカラタチバナは、万年青《おもと》同様、鉢植えにしてさまざまな変化が楽しまれていた。

寛政《かんせい》九年（一七九七）前後に上方から火が点《つ》いて、爆発的に大流行し、投機目的の栽培が進んで、一鉢千両もの高値で取り引きされたこともあった。特に〝八幡化《やはたばけ》〟と称される品種はどれも最低百両はする。

先祖代々、これを受け継いできた商人たちは絶やさぬように、時にこの変異株の貸し借りのために、上方、東海、関東の別なく密《ひそ》かに集い合った。

そして一時の大流行が過ぎても、こうしたカラタチバナ仲間の交流は互いの情報交換の場にもなって続いた。

「まさか、それだけ？」

鋼次の問いに、

「ええ、そう」

頷いたお房は、

「あたし、馬鹿よね。市中じゃ、女ながらたいした商い上手だ、跡継ぎだって、ちやほやされてて、知らないとこ行っても、藤屋の名を出すだけで何とかなって、それでここでも何とかなるって思い込んでた。でも、ここは鋼次さんの言う通り、あたしたちが慣れ親しんできたところとはまるで違う、鬼の住む地獄さながらの怖い怖い居留地だったんだもの――」

目に涙を溢《あふ》れさせた。

「今は泣いている場合ではないよ、お房。おまえには可愛い子や優しい連れ合いが、巻き添えにした鋼さんにも家族が居るんだ。何としても、キングドンさんの歯抜きを無事にこなして、ここを出なければならない」

桂助はお房を叱りつつ励ました。一方、鋼次は、

「キングドンを怒らせたのは、ずっと仏頂面してた俺のせいもあるし、俺はどんなことになっても、お房さんや桂さんのせいだなんて思っちゃいねえよ。気にしないでくれ」

さらりと言ってのけた後、

「それに俺は桂さんを信じてる。きっと、キングドンの歯抜きをいつものようにさーっとやってのけて、俺たちは大手を振ってここを出られる。そうだろう？　桂さん」

桂助に念を押した。

「でも、さっき兄さんは無事にこなさなきゃって言ったわ。それ、もしかして無事にこなせないかもしれないからじゃない？」

お房は不安を隠せず、珍しく慎重な物言いをした。

——たしかにいつもの桂さん、そんなこと言わねえな、無事にこなすのは当たりめえなんだから——

鋼次は桂助の言葉を待った。

「先祖代々、あのような肉食を続けてきたせいでしょうか、キングドンさんの歯はわたしたちのとは大きく異なっています。歯が大きく歯根が逞《たくま》しく長い。おそらく歯抜きはいつものようにはいかないはずです。あの方に歯草の治療を優先して貰《もら》おうと頼んだのは、わたしの歯抜きでは、とても手に負える歯ではなかったからです」

言い切った桂助は初めて苦悶《くもん》の表情を見せた。

「それって、あいつ相手に桂さんの痛くない歯抜きはできねえってことかい？」

――俺にはまだ信じられない――

「そうです」

「それじゃ、兄さんはどうするつもりなの？」

「歯草の治療の優先を説きつつ、ウエストレーキ先生にお願いするよう勧めます。エーテル麻酔を用いれば無痛で歯抜きはできるはずですから」

「それじゃ、あいつは得心しねえよ。何やかやと因縁をつけて、奉公人たちや俺たちを虐めて楽しんでんだから。あいつが居留地きっての長者だとしたら、もともとの腐った根性もあるだろうけど、金がありすぎて、不自由がなくて、退屈しのぎが弱い者虐めってことなんだろうからさ。そもそも、こんなどこだかわかんねえとこで、俺たちがいなくなっちまったって、調べようがねえだろ？　いいよ、いいってことよ、桂さん、あいつの言いつけで、俺たちが奉公人たちに仏にされちまう前に、うーんと歯抜きで痛い目に遭わせてやってくれ、一矢報いてほしい」

覚悟を決めた鋼次の口調は意外にも朗らかだったが、桂助の表情は暗かった。

——お房や鋼さんを守りたい。そして、たとえあのキングドンさんであっても、激痛を伴うとわかっている歯抜きは出来かねる。そんな歯抜きならやらずに殺されたい。でも、それでは二人はどうなる？——

六

——俺の言葉がますます桂さんを苦しませちまった——

——商いのために居留地に来てみようなんて、あまりにあたしの欲が過ぎたんだわ——

鋼次とお房は各々自分を責めた。

真冬の夜は何とも長かった。

それから三人はずっと無言で、備え付けの西洋風の焚火《たきび》（暖炉）で暖を取りながら、まんじりとも出来ずに桂助の部屋で時を過ごした。

空が白みはじめて、窓枠に嵌《は》まったガラスの外に無数の雪片がちらついて見えた。

「雪になったようです。雪が味方についてくれて、形勢は変わってくるかもしれません」

桂助はお房と鋼次が雪が好きなことを知っていた。

「雪でなんて——」

お房が変わるわけないと続けかけると鋼次が勢いよく遮った。

「そうだね、桂さん、海と田畑しかなかったこんなとこが、今は異国みてえになっちまったんだから、雪だって幸いするかもしんねえよな、そうだ、そうだ、そうだよ」

「そうよね」

お房は窓辺にきらきら光る雪の結晶を見つけて、

「あたし、雪のあの形を見つけた時はいいことがあるって、信じてるのよ、これ当たるのよ」

無理やり微笑んだ。

その時である。

「大変、大変です」

劉元徳の声がして、桂助の部屋の扉が激しく叩《たた》かれた。

「何か――」

桂助が扉を開けた。

「あなたが歯の医者なら他の病も診られますか？　いつものように御主人様を起こしに参りましたところ、いくら扉を叩いてもお応えがありません。よほどお加減がお悪いのだと思います」

劉元徳の顔は真っ青であった。

「診ましょう」

桂助は廊下に出て、劉元徳にキングドンの部屋への案内を頼んだ。

「俺も行く、お房さんはここにいた方がいいよ」

鋼次は桂助の荷物の中から薬や器具の入った薬籠を探して手にした。

キングドンの部屋は桂助たちが泊まった客室や大広間等がある棟ではなく、大きな扉で行き来できる別棟の一階にあった。

部屋の前に立った劉元徳は、

「御主人様、御主人様、わたしです、劉です。今、お医者様をお連れしました、ご安心ください」

中にいる主に声を掛けてから、

「開けさせていただきます」

手にしていた合鍵でキングドンの部屋の扉を開けた。

大広間、食堂、書斎、浴室、そして寝室と続く、呆気《あっけ》にとられるほど広い空間であった。

寝間着姿のキングドンは寝室の床にうつ伏せに横たわっていた。床の絨毯《じゅうたん》には血の染みが広がっている。

桂助はすぐに首に触れて脈を診た。

「キングドンさんは亡くなっています」

首を横に振った。

そのとたん、劉元徳の全身から力が抜けて、分厚い絨毯の上にへなへなと崩れ落ちかけた。

「大丈夫かよ」

鋼次が駆け寄って助けた。

「わたしとしたことが――ありがとうございます」

礼を言った劉元徳に、

「予期せぬ突然の死に遭った時にはありがちなことです。少しお休みになっていてください」

桂助は窓際に置かれていた椅子を勧めた。

劉元徳を椅子に腰かけさせた鋼次は、キングドンを診ている桂助の隣りに立った。

「桂さんはね、歯抜きの名人だけど、奉行所にも頼りにされてるんだよ。桂さんは、殺された人の身体《からだ》をくまなく調べて、殺した奴を見つけることができるのさ」

鋼次の言葉に、

「まだ薄暗いのでそれには灯りが入り用でしょう」

劉元徳に言われ、鋼次が何個かの洋燈に灯りを点《とも》した。

桂助は絨毯の上に目を這《は》わせると、蹲《うずくま》って確かめた。

「血の染みの中に砕けたギヤマンの欠片《かけら》がありました」

ガラス片を掌に載せて、

「これに心当たりはありませんか？」

今度は自分の方から劉元徳に訊いた。

「ギヤマンの花瓶がなくなっています」

桂助はキングドンの後頭部を仔細《しさい》に診た。一見ふさふさした白髪混じりの赤毛にべったりと血が付いている。掻《か》き分けると筋になっている傷痕が見えた。

「どうやら何者かに殴られて亡くなったかのようですが、部屋の扉はずっと鍵がかかっていたのでしょう？」

桂助の問いに、

「ええ。でも、この部屋にはもう一箇所、出入口があります」

劉元徳は寝室の中にある厠《かわや》へと歩いた。桂助と鋼次もついていく。

――こりゃ、またおかしな出入口だぜ――

厠と言ってもゆったり二十畳はあり、絨毯も敷かれている。そして外へと面しているその壁には、出入口である扉が作られていたものの、斧《おの》で打ち破られて鍵が外されていた。

「あんなものが――」

今度は劉元徳が厠の絨毯の上に目を凝らした。桂助たちも倣って蹲った。

「ありますね」

「白い砂糖みてえなもんだね――」

指で確かめかけた鋼次に、

「舐《な》めてはいけません」

桂助は厳しい声で止めた。

「もしかすると阿芙蓉《あふよう》とか阿片《アヘン》と呼ばれるものではないかと思います。違いますか？」

桂助は劉元徳に同意をもとめた。

「御主人様は武器弾薬を商って大きくなられました。そこから先のことはわたしの口からは言えません」

相手は目を伏せた。

「武器弾薬だけでは競争相手も多く、そう簡単に横浜居留地一になれるとは思えません。そもそもキングドンさんの母国エゲレスは阿片の商いが上手です。清国の多くの人たちが中毒になるほど阿片を売って味をしめているはずです。結果、清国との間に阿片戦争が起きています。そんな阿片をここで売り始めていて、わたしたちの国でもさらに売ろうとしていたのでは？」

桂助は知り得ている知識を口にした。主に市中の蘭方医や居留地の医者たちに、医療器械を頼まれて作って売っているさんま屋を通じて、桂助は定期的に異国の情報を取り寄せていたのである。

桂助の指摘に劉元徳は黙って頷いた。

「阿片って津軽《つがる》のことだろ？　あれは医者が痛み止めに使う薬のはずだよ？」

鋼次は首をかしげた。

津軽が阿片の隠語となったのは、厳寒の地でもケシの未成熟果であるケシ坊主から阿片を採ることができ、津軽地方の重要な糧《かて》になってきたせいであった。

「もちろん、医術用に正しく使うこともできます。そうすべきです。けれども、人の心とは弱いものです。異国や清国では多くの人たちが誘惑に負けて、つかのま忘我の快楽を味わうために使っているのです。これが高じると心が砕けて人が人でなくなり、薬欲しさに人殺しさえしかねなくなり、最後は五臓六腑がぼろぼろになって命が無くなるという、恐ろしい魔の毒性があるのです。しかし、成熟果となったケシ粒は無害ですので、豆腐の田楽《でんがく》や卵せんべい、酢や醬油《しょうゆ》、砂糖等と混ぜての調味料等に飾りや食味を楽しむために使われています」

「ふーん、これねえ――」

鋼次は指にすりつけた白い粉を鼻で嗅ぐと、

「それも駄目ですよ、鋼さん」

桂助が警告を発したとたん、鋼次はハックションと大きなくしゃみをした。

「匂いがまるでねえだろう？　俺が知ってる医者が使ってた津軽はどろっと茶色で臭かったよ」

「市中で医者に使われている阿片は不純物が多いので、それほど効き目は強くありません。ですが、不純物を取り除いてこのように完全に白くした粉には強い効き目があります」

桂助の言葉を受けて、

「わたしたちは大事な人をこれに奪われてしまいました」

ふと劉元徳が洩らして先を続けた。

「御主人様が阿片の密売をなさっていることは見当がついていました。こんなところに特別な出入口があるのは、密かに行っていた阿片商いのためです。この国にも阿片を売りさばいて、楽に巨額の富を手にしようという、人の弱みにつけ込む悪人はいますから。昨日も夜更けて裏門から人の話し声が聞こえていました。〝高い金で雇った遣い手がいて、見張っているのだから大丈夫だ〟とか――」

その言葉に思い当たった鋼次は、

「桂さん、ひのもと屋を貸し切っていた連中ってのは――」

思わず叫び、

「そのようですね」

桂助は相槌を打ち、

「ここをうろついている浪人者たちにとって攘夷は表向きで、実は阿片の売買の際の見張り役、阿片の害を流す片棒を担いでいたのではないかと思います。御主人様は身から出た錆《さび》とはいえ、高額な阿片の取り引きで揉《も》めて殺されたんですね。何ということを――」

劉元徳は重いため息をついた。

七

「ってことは、キングドンは売り物の阿片を持ち逃げされたってことかい？」

鋼次の念押しに、

「御主人様を殺してまで持ち去ろうとした阿片ですから奪って行ったはずです――」

同調したのは劉元徳で、

「さあ、それはどうだかまだわかりません」

桂助は曖昧な物言いをした。

「それじゃ、阿片はまだこの屋敷のどこかにあるってこと？」

「探せばあるかもしれません」

「変だよ、桂さん、阿片が残ってたりしたら、キングドンは阿片取り引きで殺されたことにはならねえ。どこの誰が何のためにあいつを殺したっていうんだい？」

「それもこれから考えてみたいと思っています」

そこで話を切った桂助は、鋼次と一緒にお房の待っている部屋へ戻り、キングドンの死を伝えて、

「こんなことがあったんだ。おまえは、ウエストレーキ先生の治療が終わり次第、その足で日本橋へ戻るんだ。鋼さん、悪いがお房と一緒に一足先に帰ってくれないか」

鋼次に付き添いを頼んだ。

「そりゃ、嫌とは言えねえけど、桂さんはこれからどうするんだい？」

「もう一泊していろいろ後始末をして、お役人にも話をして、その後はウエストレーキ先生と話をさせていただくつもりです」

そこまで言われると、

「わかったよ」

鋼次は頷くほかはなかった。

――阿片がもしまだこの屋敷にあるならば、あってはいけない代物だから、なんとしてでも見つけ出して始末しなければならないのです。そんなこと、お房は知らなく

ていいことです――

桂助は目で鋼次に語りかけた。

お房と鋼次がウエストレーキの元へ行こうとした時、

「治療を終えた後、旅の途中、召し上がってくださいとのことです」

劉元徳は二人にクラーク・ミラーからだという、牛酪（バター）をぬったスライスパンに、燻《いぶ》した鶏肉《とりにく》を挟んだサンドイッチを持って、馬車まで見送ってくれた。

「あなたも何か食べた方がいいですよ」

桂助は朝と昼の食事を兼ねて、牛酪味の炒《い》り卵とハム、ベーコン、ソーセージという肉の加工料理を振る舞われた。

この後、桂助はもう一度、キングドンの部屋へ行って骸《むくろ》を検分し直した。それから厠から外へと続いている扉を開けて、雪の降り積もった周囲を眺めただけではなく、玄関からキングドンの部屋が見える庭へと下りると、雪を搔き除《の》けて幾つかの足跡と丸い帽子を見つけた。

そして、キングドンの骸をどうしたらいいだろうと劉元徳が訊いてきた時、

「その前にわたしの話をクラーク・ミラーさんと一緒に聞いてください」

桂助は二人を大広間に呼び、長椅子に腰かけさせて向かい合った。

「まずはキングドンさんの死の因《もと》について、わたしの診たてを申し上げます。一見、キングドンさんは立っていて、背後からギヤマンの花活《はない》けで頭の後ろを殴られたかのように見えますが、これは亡くなった後に付けられた殴り痕です。壁に血の飛び散った高さから見て、すでに倒れて骸になっていたキングドンさんは、寝室の床の上にうつ伏せに寝かされて頭の後ろを一撃されています」

「それでは死の因は何なのです？」

「これです」

桂助は虫歯に薬を塗る時に用いる、極細の金属棒を見せた。その棒は綿で包《くる》まれていて赤黒い血の色に染まっている。

「この血はキングドンさんの左耳の穴から採りました。この治療棒がもっと長ければ、長さのあるだけ血に染まっていたことでしょう。キングドンさんは耳から頭へと鋭く先端が尖《とが》った、太めの針のような棒で貫かれて即死したのです。このような巧みな殺し方や殺人針は、古今東西を問わず古くから受け継がれてきたものかもしれません」

「何と恐ろしい、やはり、阿片取り引きに関わって、闇に生きる者の仕業に違いありません」

劉元徳の声が震えた。

「ところがそうは思えないのです」

桂助はひっそりと告げた。

「思えないって？　どこがです？」

「その手の者の仕業なら、どうして、わざわざ頭の後ろに傷痕をつけたのでしょう？すでに息の根が止まっているというのに、なにゆえことさら無用なことをしたのでしょうか？」

「それは――」

劉元徳は一瞬、言葉に詰まりかけたが、

「何としても、行きずりの物取りの仕業に見せかけたかったのではないかと――」

すぐにすらすらと出てきた。

「どうして、阿片取り引きの者が、物取りに見せかける必要があったのですか？」

桂助は首を横に振り、劉元徳は押し黙った。

「こうした矛盾が示しているのは、キングドンさんを殺した者はどうしても、阿片取り引きに関わっての殺しに見せたかったということなのです。これが何よりの証です」

　桂助は庭で拾った丸い帽子を掲げて、劉元徳とクラーク・ミラーの顔を交互に見据えた。

　頬を紅潮させたクラークは、鋭くなった目で桂助を睨みながら、利き手を上着の中に滑り込ませようとした。光るナイフの切っ先がちらと見えた気がしたが、劉元徳が制して立ち上がらせ、扉を指差した。

　興奮気味のクラークはあろうことか、よろめき、花台にぶつかって大きく前にのめった。その際、上着の内側から蓋付きの丸くて小さなものが飛んで、桂助の足元に落ちた。桂助はおもむろにこれを拾った。

「どうやら、御主人様を殺したのはその帽子の持ち主だとおっしゃって、あの年老いた御者を疑っているようですね」

　劉元徳はあえて微笑んだ。

「ええ、でも、御者の方だけではないのです」

「まさか、わたしも疑われているのでは？」

　劉元徳の笑顔が引き攣《つ》った。

「あなたは今、わたしとおっしゃいましたが、これはわたしたちというべきでしょうが――。雪が降り積もる前の庭の土には、馬車の轍《わだち》の跡と三人の足跡があったはずです。雪上にはキングドンさんの部屋へと向かっている足跡が三人分、部屋から続いているものが二人分。阿片取り引きでなくとも、賊が押し入って殺して逃げた証なら、行きも帰りも足跡の数は同じはずです」

「いったい、わたしたちがどのようにして御主人様を殺したと言われるのです？」

劉元徳は挑戦的な物言いになった。

「キングドンさんはあのような巨漢です。そして非常に用心深かったはずです。キングドンさんの背丈の半分ほどの御者の方は言うまでもなく、劉元徳さんやクラークさんでも、うんと背伸びするか、踏み台の上にでも乗らなければ、背後からギヤマンの花活けを頭に打ちつけて、命を奪うことなぞできはしなかったでしょう。そして、危ない取り引きをしていたキングドンさん自身も、常に背中に目が付いているかのような警戒心を持ち合わせていて、たとえ世話をしてきたあなた方であっても隙は見せなかったのでしょう。それでキングドンさんを安心させる必要があったのです」

「あの猜疑心《さいぎしん》と悪意の塊のような御主人様ですよ、安心などさせられるわけないでしょう？」

「いいえ、そんなキングドンさんだからこそ、たやすく安心させられるやり方があったのです。キングドンさんはあなたとクラークさんを競わせ、不仲にさせて楽しんでいました。自分が仕向けたのだから、高い給金を得るために、あなた方二人は憎み合っていると信じていたのです。お金のためには、人は何でもするというキングドンさんの盲信が弱点になりました。あなた方はそこを突いたのです。おそらくクラークさんがまことしやかに注進したのでしょう。あなたは阿片密売に気づいていて、主を亡き者にし、居留地の阿片王の座につこうとしているというようなことを——」

「あの御主人様がそんな戯言《ざれごと》を信じるとはとても思えません」

劉元徳は大きく首を横に振った。

「いいえ、それをキングドンさんはあっさりと信じたはずです。なぜなら、わたしたちの言葉さえ達者に話せたあの方は、自分と同じか、より多くの国の言葉を自在に操れるあなたの方を、自国語しかわからないクラークさんよりずっと警戒してきたはずだからです。ですから、ああ、やはりという思いでキングドンさんはクラークさんの偽りの注進に乗りました。そして殺される前に殺そうというクラークさんの案を受け容《い》れて、あなたを待たせてあるという馬車まで、厠の扉を開けて一緒に歩きました。そこであなたを殺害するのだというクラークさんの言葉を信じて——。ここでキングドンさんとクラークさんの部屋から出る時の足跡がつきました」

「それから？」

劉元徳はやけっぱちな口調で先を促した。

「あなたは馬車の中で待っていたはずです。そして、キングドンさんは先にお話ししたようなやり方で殺されました。キングドンさんを仕損じることなく、最も確実に殺すにはそのようなやり方しかなかったのです。手を下したのが、三人のうちの誰だったのかまではわかりません。その後、あなた方三人はキングドンさんの巨体を水平に持ち上げて、庭から厠の扉を抜けて寝室の床へと運ぶと床にうつ伏せに寝かせました。そして、かねてより目を付けていたギヤマンの花活けを使って死者の頭に傷を付け、阿片取り引き絡みの殺害に見せかけるために、あの厠に少量の阿片の粉を撒いたのです。これはわたしの直感ですが、おそらく、キングドンさんは屋敷内ではなく、厠の出入口から見渡せる唐子咲きの椿の温室に多量の阿片を隠していたのではないかと思います。違いますか？」

「全てを成し終えた後、明け方近くから雪になり、雪が痕跡をすべて消してくれると思っていましたが――。しかし、わたしたちは阿片を我が物として、この国に害毒を撒き散らそうなどとは思ってはおりません」

劉元徳の言葉が掠《かす》れた。

「そう信じたいと思います。ただ、それなら尚更《なおさら》、なぜあなた方がこのようなことをなさったのか、わたしには皆目見当がつきません。強欲で無慈悲な主の下で働いている者皆が、主殺しを企てるわけではないのですから――」

「その答えはあなたが先ほど拾った物の中にあります」

「クラークさんが落としていった、これ――ですね」

桂助は掌に包み込んでいたものの小さな丸い蓋を開けてみた。

――これは――

一瞬桂助の息が止まった。

――志保《しほ》さん――

中にはやはり小さな肖像画が嵌まっていて、その面差《おもざ》しは志保によく似ていた。楚々《そそ》とした清らかな華が麗しく満ちている。

志保ではないと気がついたのは、その肖像画の主は居留地で見かけた西洋人の女と同じ洋髪で、胸まで大きく開いた衿元に唐子咲きの椿の花を止めていたからであった。

――まさか、志保さんであるはずもない――

それでもまだ桂助の動悸《どうき》はおさまらずにいた。キングドン殺しについて積み上げてきた思考がここで完全に止まった。

「どうしました？」

劉元徳に訊かれると、

「探していた知り合いに似ていたので少し驚いただけです。これをお返ししておきましょう」

桂助は震える手で、御者の帽子と共に蓋をした女の肖像画が嵌まっていたものを相手に差し出した。

第三話　浮世絵つばき

あっという間に日暮れが訪れた。夕餉《ゆうげ》は昨夜同様、ローストビーフとステーキであった。汁やすり下ろしたものが入った小さな二種の容《い》れ物に、やはり小さな匙《さじ》が挿し込まれている。そして、以下のように書かれた紙片が添えられていた。

一

御主人様がおっしゃったように質素に暮らすイングランド貴族は一頭の牛を長い時をかけて食べます。ですので今夜も昨夜と同じものです。御主人様は肉は新しいほどいいと信じておられましたが、それは魚のことで、実は昨夜よりも今夜の方が味が深まっているはずです。

御主人様はお好みではありませんでしたが、イングランド貴族なら肉に塩、胡椒《こしょう》を振って焼き上げます。そして、グレイビーという焼いた時に出る肉汁をじっくりと調味したものと、ホースラデッシュと呼ばれるつんと鼻に来る西洋の山葵《わさび》で食します。

どうかお試しください。毒など入っておりませんのでご安心ください。

桂助《けいすけ》は運ばれてきた夕餉に手を合わせると、残らず平らげ、寝台に横たわった。

——ここに鋼《こう》さんやお房《ふさ》が居合わせていたら今夜もまた眠れずにいただろうな——

昨夜一睡もしていない桂助は泥のような眠りに落ちた。

キングドンを殺した相手は同じ屋敷内にいるとわかっていた。しかも劉元徳《リィウユアンデェ》一人ではない。敵に囲まれて眠っているようなものなのだが、不思議に桂助は怖《おそ》れを感じなかった。

襲われて殺される夢はおろか、明け方までどんな夢も見なかった。しかし、目覚める直前、殊の外楽しみにしている、ウエストレーキと再会する場面が現れて、

「遅れてすみません」

詫《わ》びを言いつつ慌てて飛び起きた。

長椅子の前の机の上には、焼いたパンと炒《い》り卵、肉を挽《ひ》いて長細くまとめたもの、朝餉と水差し、昼餉用のサンドイッチとやらの包みが置かれていた。

屋敷の中は水を打ったようにしーんと静まり返っている。皿の下には劉元徳からの文《ふみ》があり、そこには以下のようにあった。

あなたが察した通り、キングドンを殺したのは、わたしと料理人、御者の三人です。

名乗っていた名前は本当の名ではありませんが、この場の説明はそのまま仮の名を使わせていただきます。

わたしたちがキングドンを殺したのは、キングドンの手で無残な死に方をした母への復讐《ふくしゅう》です。阿片《アヘン》の取り引きとは縁もゆかりもありません。

母はつばきという源氏名の、長崎は丸山《まるやま》の遊女でした。つばきは何十年間に一度、出るか出ないかの出色の遊女だったと聞いています。椿《つばき》の花と一緒に浮世絵に描かれるほどでした。

つばきは身請けを願い出る何人もの金持ちの旦那衆を袖にして、何年もかけて身請けの金を貯めた清国人の船乗りと添いました。そしてわたしが生まれたのです。皆さんには両親《ふたおや》共清国人だと言っていますが、清国人であったのは父だけです。清国と長崎を行き来していた父は嵐の折、乗っていた船が波に呑《の》まれてあっけなく命を落としました。

若くまだ美しかった母に、丸山へ戻らないかという話もあったようですが、身を売る稼業に嫌気がさしていた母は、父の遺《のこ》した僅かな金を元手に、わたしを抱えてささやかな草紙屋《そうしや》を始めました。

流行の黄表紙《きびょうし》のほかに、長崎の様子を模した景色画や美人画、異国の紙細工人形等を売るこの店は、行列が出来るほど評判になりました。

当然、昔、丸山一だった母に言い寄る男たちもいましたが、母は、通詞をしていたせいで出島《でじま》を出て店に立ち寄ることのできたクラークの父、アダムに出会い、互いに子持ちの身の上ながら先の約束をする仲になっていきました。決して豊かではなくても、温かい家庭が作られようとしていたのです。

もうおわかりとは思いますが、アダムはあの御者です。最愛の女をキングドンに奪われてからというもの、すっかり老け込んでしまったのです。

キングドンはすでにわたしの母とアダムが、夫婦《めおと》約束をしていたというのに、雇ったごろつきにわたしたちの母を掠《さら》わせ、アダムに重い怪我《けが》を負わせました。

子供だったわたしとクラークは隠れるように言われて、物陰からその酷《むご》たらしい一部始終を見ていたのです。

わたしたちは掠われた母を捜しました。

とりわけ義父はこれしか生き甲斐《がい》がないと思い詰めて、まるで取り憑《つ》かれたかのようでした。

そして、やっとここにたどり着いたのです。

そこで桂助は一度、文から目を離してふうと大きくため息をついた。

──想像を絶する、あまりに酷《むご》い話だ。人にこんな酷いことができるとは──。酷い者のことをけだものと称することがあるが、これではけだもの以下ではないか？

──

劉元徳の文は続いている。

キングドンの恐るべき所業については、母と一緒に丸山で働いていて、今は身請けされて市井で暮らしている姉さん筋から聞こえてきました。どうしても、わたしたちに見せたい、渡したいものがあるというのです。

その姉さん筋の女、桔梗《ききょう》さんの名をわたしたちは知っていました。母がとても慕っていたからです。

桔梗さんが、クラークが落としてあなたが拾ってくれた、母の洋装姿が描かれて嵌《は》め込まれたロケット（首飾り）をわたしたちに届けてくれました。

それは阿片に冒されて死病の労咳《ろうがい》（結核）に罹《かか》りつつも、死ぬ前に一目母に会いたいと手掛かりを探しに探して、桔梗さんにまで行き着いた男が遺《のこ》したものでした。

男は大坂の大店《おおだな》の若旦那だったということです。ほどなくして亡くなったその男は、開港して間もない横浜の居留地にある、キングドンの今ほど立派ではなかった屋敷で、つばきという名の長崎出の遊女に引き合わされたと話していたそうです。

義父の調べで、キングドンが貴族の末裔《まつえい》だなどというのは真っ赤な嘘《うそ》で、本当は素行のよくないロンドンのごろつきだったことをわたしたちは知りました。キングドンは一攫《いっかく》千金を夢見て横浜開港に一番乗りしたのです。阿片が切り札となり、あいつが願った通りになってしまいました。

首飾りに愛《いと》しい母の面影を見るまでは、きっとどこかで母は生きているとわたしたちは信じていました。信じたかったのです。

長きにわたって穏やかな出島貿易を続けてきたオランダ人の一人である義父は、キングドンが阿片商人だとわかり、桔梗さんの話を聞いて、もはやどこを探しても、母はこの世にいないだろうと嘆き悲しみ、仇《かたき》を討とうと心に決め、わたしたちに打ち明けたのです。

阿片商人は客寄せの一つとして、秘密の阿片窟を造り、そこで一時、極楽に居るかのようなえも言われぬ快楽を味合わせて虜《とりこ》にさせるのです。それに欠かせないのは時に阿片ばかりではありません――。客が男なら女、女なら男です。わたしたちの母は阿片に冒され、多くの客の相手をさせられた挙げ句、殺されたのだと思いました。

わたしたちは復讐の計画を練ってこの横浜居留地に来ました。わたしは清国人の血を引き、義父とクラークはオランダ人ですので、キングドンがわたしたちを家族だと見破ることはまずあり得ません。

キングドンは非道、非情に輪をかけて吝嗇《けち》でしたので、奴隷同然の待遇に使用人は居着かないので、雇われるのはたやすいものでした。とはいえ、三人いっぺんに雇われては怪しまれると思い、二、三か月ずつ、時を空けて雇用されるようにしました。

わたしと一歳年下の弟クラークはひたすら忠勤を励みました。弟が雇われると、キングドンの競わせ好きに操られているふりをするために、始終喧嘩《けんか》をしていました。最後に数か月前、御者として義父が雇われました。年を取っているということで、わたしたちよりさらに低い給金で。あなたが指摘されたように、この復讐計画には三人の力が必要なのです。

まずは、わたしが阿片の取り引き相手に金を積まれ、キングドンを殺そうとしているとクラークから伝えさせました。そもそも言葉の達者なわたしのことが気にかかっていて、欲望の塊で警戒心と猜疑心《さいぎしん》の強いキングドンでしたから、この手の裏切りの裏を掻《か》きたくてうずうずしているに違いなかったのです。わたしより競争で劣勢にあるクラークの注進なら信じるはずだと確信していました。そして、そろそろやらねばと話し合っていた矢先、あなた方がおいでになったのです。

キングドンは余興が過ぎてあなた方を酷く脅しました。あなたの歯抜きに難癖をつけて、わたしたちにあなた方を殺させるのではないかと義父が案じたほどでした。わたしと弟も同じ思いでした。以前、鳴《な》き止《や》まない子犬を始末させられそうになったことがあったからです。油をかけ、火をつけて燃やせと。その子犬はクラークが何とか貰《もら》い手を見つけることができましたが、キングドンには燃やして殺すのでは匂いで気づかれるかもしれないから、袋に入れて海に沈めたと偽りましたが――。

おかげで決行できました。

キングドンは奴を殺すつもりで馬車で待っているわたしを、厠《かわや》の出入口から同行してきたクラークに殺させるつもりでいたのです。

しかし、クラークに助けられて馬車に乗り込んだとたん、わたしは間髪を容れず、義父のアダムが巨漢を押さえつける間もなく、用意していた特別な針でキングドンの片耳を深く刺しました。あなたが察した通り、このやり方は大昔から広く長く各国に伝わり、わたしの実父の国にも伝わってきていた殺しの技です。

桂助はそこまで読んで、また文から目を逸《そ》らした。

――この文からは命を奪う辛《つら》さが伝わってくる。子犬を助けたというのに人一人を殺《あや》めてしまったとは――

桂助はしばしたまらない想《おも》いに苛《さいな》まれたが、気を取り直して先を読んだ。

二

わたしたちには復讐のほかにもう一つ目的がありました。母が死んだか、殺されたかしたのなら、この屋敷のどこかに眠っているはずだと考えていました。わたしたちは母の遺骸を見つけて供養したかったのです。

大広間に唐子《からこ》咲《さ》き椿の花が活《い》けられていたでしょう? キングドンはどんな花も好みませんし、愛《め》でませんそれなのに、金のかかる温室を持っていて、取り壊してしまいたいくらいだと始終文句を言っていました。妙だと思いました。そこで、わたしは〝せっかく綺麗《きれい》に咲いているのだから、大広間に活けてはどうですか、これで少しは元が取れますよ〟と勧めました。

すると珍しく、〝なるほどな〟と首を縦に振ったのです。これでキングドンにとってあの温室はなくてはならないものだとわかったのです。潰すことなどできないのです。

　そしてキングドンを殺した今ではもう、あの温室を屋敷の中から見張っている者はおりません。

　わたしたちが考えた通り、母の遺骸はあの温室に埋められていました。一緒に見つかった守り袋から母だとわかり、わたしたちは泣きながら骨を拾い集めて、用意していた壺《つぼ》に納めました。

　もっとも、あなたが指摘なさった通り、あの温室はキングドンの阿片の隠し場所でした。温室は屋敷と共に造られたもので、母の遺骸がそこに埋められたのはたまたまの成り行きでした。

　イングランドから運ばれてくる、少なくない量の阿片は鉄の箱に入れられ、唐子咲き椿の温室の土の中に埋められていたのです。

　わたしたちは阿片で長者になる気も、多くの人たちを狂気におとしいれてその命を奪う気も毛頭ありません。それどころか、憎々しくさえ思っています。

　ですから、これをあなたが読まれる頃、わたしたちはもうこの屋敷にはおりませんが、どうか窓を開けて温室の方を見てください。

　煙が上がっているはずです。

燃えているのではありません。阿片は塩水と消石灰をかけると無害な白い煙になって消えるのです。

それで、安心してあなたもこの屋敷を去ることができるでしょう。

キングドンを手にかけたのはわたしです。殺人までは犯していない弟には料理を極めるためにフランスへ渡ることを勧めました。フランスは調味に疎いイングランドとは異なり、日々、豊かで深みのある味が追求されている美食の国ですので。

義父は母の遺骨を抱いて故郷オランダへ帰るとのことです。母はこの国の生まれでしたが、遊女になるしかない貧しい身の上でしたから、遺骨を生まれ故郷で形だけ弔うよりも、これほど愛し続けた自分と一緒に、異国の土になることを望むだろうと義父は申しておりました。

実はわたしもウエストレーキ先生のアメリカ歯科技術に並々ならぬ関心がありました。

ですので、今わたしはあなたとは歯を含む医を学ぶ者同士として会いたかったと切に思っています。むしょうにあなたに会いたい。会って歯や医の話がしたい。

けれどもたとえキングドンのような奴《やつ》でも、人一人をこの手で葬ったわたしに医に関わる資格があるとは思えません。

ただただあなたの将来の幸運を祈るばかりです。

それからあの首飾りの中の母の絵姿に見入っていた時のあなたの苦しげで、切なげな表情――あれはもしや、わたしたちの母に似た、どなたかを探されているのではないかと――。

桔梗さんのところへ訊《き》きに来て亡くなった男は、人づてに、つい半年ほど前、母にとてもよく似た面差しの娘さんを江戸の染井で見かけたと言っていたそうです。もちろん洋装などしていない若い娘さんでしょうが――。

あなたが探しているのはその女《ひと》かもしれません。もし、そうであれば、どうか、早くの再会を――、江戸へ帰ったらすぐに染井まで行ってみてください。

わたしたち親子のように手遅れにならないうちに――。

そこで劉元徳と名乗っていた男の文は終わっていた。

文を読み終えた桂助は窓を開けて温室から白い煙が立ち上っている様子を見た。雪はまだ降り続いていて、阿片を無害にしているのは塩水や消石灰ではなく、天から贈られてきた清らかな雪片のように感じた。

――しかし、これであの人たちの罪が消えたわけではない――

クラーク・ミラーが拵《こしら》えてくれた朝餉を残さず食べ、身支度を調えると昼餉のサンドイッチは荷物に加えた。

——何より骸《むくろ》がある——

屋敷を後にする前にキングドンの骸のある部屋に立ち寄った。骸はなくなっていた。

代わりにあの後また降り積もった雪の上にくっきりと、厠の出入口から温室へと続く三人分の靴跡があった。

消石灰の燃える匂いが鼻を突いた。白い煙は温室の前に置かれた大きな盥《たらい》からもうもうと吹き上がっている。

温室の中に入ると真っ赤な椿が数本植え替えられていた。掘り起こされた土の部分はちょうどキングドンの巨体ほどの広さだった。

——母親の遺骸のあった場所を広げてキングドンさんを埋めたのだろう——

桂助は椿の枝で拵えた小さな十字架を見つけた。

この時、桂助はこれまで一度も感じたことのない、雷にでも打たれたかのような強い想いに囚《とら》われた。

——あの文が告げていたように、罪を犯しての真の裁きは、お上や奉行所が下すのではなく、もっと大きな存在の手に委ねられているのかもしれない。罪人各々に重くのしかかる運命として――。となると、関所役人に告げる必要などない――

桂助はいささかほっとして、肩の荷が下りたような気がした。

この後、桂助は門を出てウエストレーキの自宅までの雪道を歩いた。

「妹さんはすでに治療を終えて、連れの方と江戸へ帰られました」

劉元徳同様、弁髪《べんぱつ》姿の通詞が待っていた。昨夜、急に用事ができたという劉元徳に頼まれてここへ来ているのだという。

「そして、わたしの手間賃はあなたからいただくようにとのことでした」

「わかりました」

こうしてウエストレーキと桂助の、通詞を介しての一問一答が始まった。

まずは桂助から以下のような質問をした。

「お房や医療器具作りのさんま屋さんより、ここでの治療は高いと聞いています。あなたの国でもやはり高額なのですか？」

「妹さんの治療にはむしば除《よ》けの詰め物に金《きん》を使いました。今のところ、この国でここまで来てくれる方はどなたも金、または銀をと望まれます。国では安価な銀アマルガムが使われています。アマルガムは銀とスズの合金に銅や亜鉛を添加した粉末を、水銀で練ったものです。これは固まる時膨張してぴったり患部をふさげることや、なにより手軽で安価なのはよいのですが、万に一つ、水銀が溶け出すおそれがあるのが短所です。けれども、溶け出す水銀は微量ですので、抜歯によって歯無しになるよりはずっとよろしいかと思います」

ウエストレーキは淡々と答え、桂助は次の質問をした。

「治療中、エーテル麻酔のおかげで、お房は痛みを感じていませんでしたが、詰め物に銀アマルガムを選ぶ方たちにも、こうした無痛になる麻酔を使うのですか？」

「いいえ、エーテル麻酔を使うのは難しく高額ですのでたいていは使いません」

ウエストレーキはきっぱりと言い切った。

「その場合、患者さんにとってはたいそうな痛みを伴うのではないかと――」

桂助は身の毛がよだつような気がした。

「今現在は何とか、耐えてもらうしかありません。子供は泣き叫ぶのでなかなか治療できず、結果、せっかくの大人の歯を抜くしかなくなる場合もあります。銀アマルガム使用の患者でも、抜歯だけにはエーテル麻酔を使いたいという人が増えてきていますが――」

「何とか、痛みの少ない治療に改良することはできないものですか？」

桂助はやや緊張気味にこの問いを口にした。

――ウエストレーキ先生の治療に難癖をつけているようにとられては困るが――

「骨に近い歯を削るのですから、麻酔を使わぬ以上、痛みからの解放は考えられません。けれども、痛む治療時間を短くすることはできそうです。昨日、ドリルを何本も使っての処置をご覧になりましたね。もし、あれ以上に精緻に削ることのできるドリルとその動きを速めかつ長く動かすことのできる器械ができれば、今よりはずっと早くまた削り取る部分も小さくすることができます。実はもう、何年も前に提案されているのですが、お金がかかりすぎる代物《しろもの》なのでしょう、まだ実現されていません。わたしはもうすぐだと思います。なぜなら、たとえその器械が少々高くても、それさえできれば、歯科医たちは一日に今よりもっと多くの患者の治療ができて、結果採算がとれると思うからです。患者への負担も、痛み、治療費ともに格段に減るはずです。母国の歯科の先行きは明るいとわたしは信じています」

ウエストレーキは明るく微笑《ほほえ》んだ。

「むしばを抜かずに根治させる治療を見せていただいた上、この先あなたの国ではさらなる飛躍の時が到来するとは――わたしにはまるで夢のような話です」

桂助は是非とも、いち早くその器械をこの目で見て確かめたい、動かしてみたいと思った。

――それにはこの方の国へ行かねばならない――

桂助は居留地横浜へ着いた時、港に臨んでいる旅籠《はたご》ひのもと屋の二階から見えた、沖合にちらちらと停泊していた幾隻もの異国の商船を頭によぎらせた。

――あれらの中のメリケン船に乗りさえすれば――

しばし船上にいる自分の姿を想い描いていると、

「それではウエストレーキ先生よりの質問に移らせていただきます」

通詞が話を先へ進めた。

三

「あなたはわたしたちの歯科技量を褒めてくださったが、こちらもたいそう感嘆したことがありました。木床義歯《もくしょうぎし》という画期的な入れ歯の技が伝えられてきています。これについてお話をしていただけませんか？」

ウエストレーキが切り出し、

「わたしの国では入れ歯師という生業《なりわい》があって、わたしは仲介や助言はしますが、入れ歯作りはしていません。わたしが知り得ていることでよろしければお話しできるかと思います。どのようなことがお知りになりたいのか、遠慮なく質問をしてくださ い」

桂助は相手を促した。

「食べ物を咀嚼《そしゃく》することができる、黄楊《つげ》を使った木床義歯は、一体いつ頃から使われていたのですか？」

「わたしの知り合いの本橋十吾《もとはしじゅうご》という入れ歯師の話では、江戸開府（一六〇三年）より六十年以上は前だということです。旅の道中、泊めていただいた寺の住職に、歯と歯茎が一体となっていて、奥歯が磨《す》り減っているかなり古い木床義歯を見せてもらったのだそうです」

「奥歯が磨り減りしていたということは嚙《か》むことができたということですね」

ウエストレーキは念を押した。

「嚙むことができない入れ歯などあるのでしょうか？」

桂助は素朴な疑問を口にした。

「恥ずかしながら、わたしの国の初代大統領ジョージ・ワシントン（一七三二〜九九年）の入れ歯はバネで上顎《うわあご》と下顎をつなぎ、上顎にバネの力ではね上げて動きを少しでも止めるようにしたもので、白い人工歯は牛などの動物の骨で人工歯を作り、カバの牙を彫刻した入れ歯の土台に嵌めこんだものでした。この時期に作られた入れ歯は全てが見せかけだけの代物で、嚙む機能とは無縁でした」

ウエストレーキは目を伏せた。

「まさか、今はそうではないはずです。あなたの国ではこれほど歯の治療が進んでいるのですから」

「ええ、まあ。わたしの国やヨーロッパでは、生ゴム等を材料として固めた義歯があなたの国の黄楊の代わりになっています。蜜蠟《みつろう》等できっちりと歯型を取り、顎にぴたっと合って固い食べ物も嚙める木の入れ歯はありません。嚙める入れ歯の歴史はせいぜい十年かそこらです。失礼ながら、なにゆえ、国を閉ざし続けてきたあなたの国で、独自にこのような素晴らしい技が生まれ育ったのか、不思議でならないのです。何とわたしたちに三百年以上も先んじてきたとは――」

ウエストレーキは頭を傾《かし》げた。

「わたしはもとより入れ歯師ではないので、的確な答えになっているかどうかは怪しいのですが、これはわたしの国が木をたいそう尊び、また、暮らしに欠かせないものとして慣れ親しんで、独自の木彫技術を生み出したからではないかという気はします。

先ほど言いそびれましたが、入れ歯師には仏像や根付を彫る技術を持った職人が多いのです」

桂助は生きとし生けるもの全てに心優しい本橋十吾の穏和な顔を思い出しつつ、自分の木床義歯への想いをさらりと言葉にし、

「なるほど、仏つまり神を彫ってきた敬虔《けいけん》な心と、勤勉に技を極めて授かる器用な手先あってこそ、木床義歯が生み出され、受け継がれていったということなのですね」

ウエストレーキは感無量の様子で大きく頷《うなず》いた。

「次の話は質問というよりも、警告に近い心情的なものだと先生はおっしゃっています」

通詞はさらに先へと話を進めた。

ウエストレーキは固い表情になった。

「先ほどあなたはエーテル麻酔の話をしましたね。これからの話にはその麻酔も関わってきます。抜歯や手術等の際、患者を眠らせたり、痛みを取り去ったりすることのできる麻酔ほど、医の強い味方はありません。エーテル麻酔を初めて人に試して抜歯に成功したのがわたしの国の歯科医で、実用化されるとこれだけ世界は広いというのに、あっという間に幾つもの海を越えて広まりました。イングランドでヴィクトリア

女王がこの手の麻酔を使って、無痛分娩《ぶんべん》で出産したことも追い風になったと思います。それほど患者たちは痛む施術を怖れ、痛みのない治療をもとめていたのです。ところで、ケシから採れる阿片にも強い鎮痛作用があって、太古の昔から使われてきたことはご存じですか？」

「ええ、もちろん」

「阿片をつくるためのケシ栽培は古くから世界中で行われていました。多くは医療目的でしたが、依存性があり、ぽつぽつと中毒患者も出ていたはずです。そこに着眼した西洋諸国が東洋の地でケシを栽培させて阿片を採り、禁制のない国に売るという商いを始めました。清王朝は阿片のせいで経済が疲弊しただけでなく、多くの人たちの心身が冒されたのです。この国にもここを通じて阿片が入ってきています。中毒者が増えているという話も聞きました」

「そのようですね」

「国の一部が奪われるという悲惨な阿片戦争の結末を知っているこの国の指導者たちは、おそらく、開港による貿易許可の条件に阿片の持ち込み禁止をうたったはずです。しかし、密売は跡を絶ちません。それほど人は痛みにも誘惑にも弱く、阿片は魅力的で、痛み止めに使っていてもいつしか快楽への扉が開いて、常用化してしまう例も少なくありません。そして、阿片の一番の問題点は、強い鎮痛力を持つがゆえに、いつしか医療用麻酔薬の代表格になることが想像にかたくないのです。しかし、これは危険と隣り合わせです。この国の人たちも含めて、人は半永久的に阿片と縁を切ることは出来ないでしょう」

「中毒とも縁が切れないはずです」

桂助の言葉にウエストレーキは悲痛な面持ちで首を縦に振って、

「ですから、この国のあなたは医という基盤に立つ林則徐《リンツォシュイ》になってください。清国の特命全権大臣だった林則徐は、イングランドがもたらす阿片が国の滅亡を招きかねないとして、阿片商人たちからの賄賂《わいろ》を撥《は》ね付けただけでなく、持ち込めば死罪と通告したり、見つけた厖大《ぼうだい》な量の阿片を始末するなど、阿片密輸に対して非常に厳しい取り締まりを行った人物です。イングランドの阿片商人がマカオに逃げ込んだとわかると、荒療治《たくら》として、武力封鎖して市内の食料を断ち、さらに井戸に毒を撒《ま》いて毒殺しようと企んだりもしました。惜しいのはイングランドとの本格的な開戦を前に解任されてしまい、腰の引けた後任者のせいで、いざ戦争となると清国はイングランドに負け、さんざんな不平等条約を締結させられた上、多額の賠償金と共に香港《ホンコン》を受け渡すことになってしまいます。清廉潔白で私欲は省みず、左遷されても常に国家の事を考え続けた林則徐に全権を任せ続けておけば、ここまでの痛手は受けなかったはずだとわたしは思うのです。それで、あなたにこの国の林則徐になってくださいと申し上げているのです。かつてわたしの国では、奴隷解放をめぐっての意見の対立が極まり、一つの国が南部と北部とに分かれて血を流し合う内戦となりました。この南北戦争がもたらした罪過も阿片でした。イングランドを主とする阿片商人たちは、負傷兵たちの耐えかねる傷の痛みに付け込んで、阿片を大量に持ち込み、依存癖を増長させたのです。わたしの国も清国同様阿片で汚されてしまっているのです。どうか、この国でそんな過ちは繰り返さないでください」

必死のウエストレーキの声が掠《かす》れた。

「林則徐という方については多少耳にしておりましたが、ここまで詳しくは知りませんでした。お話、興味深くうかがいました。わたしに託されるのはあまりに大きすぎる任ですが、たとえ一人一人が微力でも集まれば相応の力を発揮することもあるでしょう。大河の一滴になりたいと思いました」

慎重に応えた桂助は、昨夜から明け方にかけて、キングドンの屋敷で起きた一件について考えていた。

――劉元徳さんはもともと復讐の意図はあったけれど、決行のきっかけはキングドンさんがわたしたちに危害を加えかねないようだったからだと文で伝えている。この偶然――。あの時、わたしとお房、鋼さん、劉元徳さん、クラーク・ミラーさん、アダムさんの六人はそれぞれ一滴ずつ集まって、阿片禍を払拭する小さな水溜《みずた》まりになろうとしていたのではないだろうか？　わたしたちはキングドンさんの阿片を無害にするため、これ以上の害毒をこの国に持ち込まさせず、人々を苦しませないために、何か大きな力に導かれてあの屋敷に集められたような気がする。そして、こうしてウエストレーキ先生に会い、歯科技術だけではなく、阿片への危惧についてうかがったことも――

そう思わずにはいられない桂助の頭に、温室にあった小さな十字架がよぎって消えた。

ここで桂助は、

「ありがとうございました」

深く頭《こうべ》を垂れて礼を言い、通詞に手間賃を渡すと、降りしきる雪の中を江戸への帰路に就いた。

――今までのわたしは控えめすぎた。将軍家の落とし胤《だね》という血筋だけではなく、養家で大店の藤屋にも、江戸という町にも縛られすぎてきた。もっと前に出て、やりたいことをやりたい。変わりつつある世の中に身を投じて自由に羽ばたきたい。好きな相手には好きだと早く、はっきり報《しら》せたい――

桂助の裡《うち》で何かが大きく変わりつつあった。

四

途中、桂助は空腹に気がついてクラーク・ミラーが用意してくれたローストビーフサンドイッチを口にした。パンの切れ端を嚙みきると、塩と練り合わせてある牛酪《ぎゅうらく》が溶け、ローストビーフの肉と相俟《あいま》って美味であった。キングドンの屋敷で出された料理のうち、正直、これが一番美味《おい》しいと桂助は感じた。

江戸へと近づくにつれて降りしきる雪はいっそう激しさを増した。桂助は立ち止まって傘に積もった雪を払い続けたが、傘はすぐに重くなってまた立ち止まらねばならなかった。

風が出てきて横殴りの吹雪《ふぶき》に見舞われると、辺りは白一色に見えてくる。

――何と清らかなのだろう――

桂助は十字架を見て感じた見えない大きな手が、空にまでも伸びて広がって、この世の悪辣《あくらつ》さ、醜さ、罪深さ等のありとあらゆる汚《けが》れを拭い去ろうとしているかのように感じた。

——わたしもこれからは雪が好きになりそうだ——

そのうちに一寸先も見渡せない吹雪となり、桂助はやっと辿《たど》り着いた川崎宿に泊まる成り行きとなった。

「あの居留地からだって？　この大雪だってぇのに、よくここまで歩きなすったねえ」

「まあまあ、その姿、まるで雪だるま様じゃあねえかね」

「さあさ、雪を払ってあげるからこっちへおいでなさいな」

「すっかり冷えちまってるだろうから、まずは熱い風呂だね、風呂」

出迎えてくれた旅籠の女たちは親切だった。

風呂で温まった桂助は、

「すみませんが、筆と紙をお借し願えませんか？」

市中に入ったらすぐに、志保《しほ》に似た女が居たという、染井を訪ねてみようと思っていた。それには志保の似顔絵が必要だった。

——絵は金五《きんご》さんほどは上手ではないが、いつも心のどこかで想い描いている志保さんならきっと描ける――

桂助は瞼《まぶた》に浮かんだ、島田に結い、撫子柄《なでしこがら》の着物を着た志保の顔形を筆に託した。知らずと劉元徳たちの母だという、ロケットという首飾りに嵌め込まれていた女の顔を思い出して比べてみていた。

――たしかに顔形は似ている。けれども、あの女の表情はどこか弱々しく不安そうで物悲しげだった。志保さんは違う。決して人を押しのけるようなことはなかったが、笑顔が似合うだけでなく、きらきらした目の強い意志の持ち主だった。志保さんとつばきさんは違う、志保さんは絶対生きている――

「えらく別嬪《べっぴん》だねえ」

夕餉の膳を運んできた仲居が覗《のぞ》き込んだ。

「お似合いだよ」

年増《としま》の仲居は桂助と絵とを交互に見た。

「ずいぶんと気性の張った目をしてて、こういう女は幾ら綺麗《きれい》でも、人とか金や物に流されやしない。大本が賢いんだろうね。お客さんは男だけど似てるよ」

「そうですか」

常にやや固い桂助の表情が一瞬ほどけた。

「あんた、相当この女に惚《ほ》れてるね」

言い当てられた桂助は、

――つまり、この気持ちはそういうことなんだな――

「ええ、その通りなのです」

真顔で言い切り、

「あらあら、ご馳走《ちそう》様、あたしゃ、絶対、あんたたちは赤い糸で結ばれてると思うね。こう見えてもあたしの顔占い、よく当たるんだよ」

相手は自分の胸をぽんと叩《たた》いて微笑《ほほえ》んだ。

翌日は大雪の後らしく晴天となった。市中に入った桂助はさくら坂には向かわず、真っ先に染井へと向かった。

染井の植木職たちは家族総出で、木々の世話に余念がなかった。

「すみません、お忙しいところを本当にすみません、この女《ひと》を知りませんか？」

桂助が絵を示して話しかけると、

「何だ、何だ？　今ちょっと手が離せねえんだがな」

どの植木職も仏頂面で取り合ってはくれなかったが、

「あら、それ、あの綺麗な女じゃない？」

亭主に並んで雪を掬《すく》って除けていたかみさん連中の一人が声を上げた。

「あら、ほんと」

「そうそう、たしかにあの女よ」

「ほんと、そっくり」

他のかみさんたちも手を止めた。

「その女を染井で見た人がいると聞いてきました」

桂助がもどかしげに訊くと、

「四季楽亭《しきらくてい》っていう、春は梅や桃、桜、夏は百合《ゆり》の類、秋は菊や紅葉《もみじ》、冬は山茶花《さざんか》なんて具合に、庭木を見せる店《たな》があるのよね。この絵にそっくりな綺麗な女、そこでいつも熱心に庭木の世話をしてたよ」

一番初めに声をあげたかみさんが応えた。

――志保さんだ、志保さんに違いない。庭木の世話をしていたのなら間違いない――

桂助は確信したのだが、

「でも、その女、このところ姿が見えないのよね」

相手は気の毒そうに言った。

「名や素性は？」

「誰も知らないのよ。とにかく無口な女でここらのみんなは挨拶ぐらいしかしてないはずよ。ここをまっすぐ行った坂の上にある、四季楽亭のご主人なら知ってるかもしれないけどね」

思わせぶりな物言いをした女房に、

「このおしゃべり、滅多なことを言うもんじゃやねえ」

太鼓腹の大男の亭主が声を荒らげた。

「何、言ってんのよ。あんただって、あの女拝みたさに、珍しくもない四季楽亭の山茶花、銭払って見に行ったじゃない。鼻の下伸ばしてさ」

女房がやり返したところで、

「ありがとうございました。それではわたしは四季楽亭に寄ってお訊《たず》ねしてみます」

桂助は礼を言って、四季楽亭へと急いだ。

坂の上の四季楽亭でもまた、何人もの植木職が草木の世話で大わらわであった。

「親方はいろいろ忙しいお人だからなあ」

志保の似顔絵を見せて用向きを告げても、

「見かけたような気もしねえわけじゃあねえが」

で、植木職の頭《かしら》はふんと鼻を鳴らして、なかなか取り次いでくれようとはしなかったの

「わたしは湯島は聖堂のさくら坂を上った〈いしゃ・は・くち〉の歯抜き名人、藤屋桂助だとお伝えになってください」

桂助には珍しく、必死の思いで奥の手を使った。

「へえ、あの有名な歯抜き名人かい」

やっと手を止めた相手は桂助を上から下までじろじろと見据えて、

「まあ、ちょいと待っててくんな」

庭を突っ切って、奥に走っていき、戻ってくると、

「ここの旦那の宇兵衛《うへえ》さんが茶室で待ってる、行きな」

真新しく瀟洒《しょうしゃ》な二階屋を指差した。

「藤屋桂助です、是非とも教えて頂きたいことがあって参りました」

桂助の挨拶に、

「わたしが主《あるじ》の宇兵衛です」

年齢《とし》の頃は五十歳近く、大店の主のように、上物の大島紬《おおしまつむぎ》を羽織まで揃《そろ》いで着てい

て結いたての艶々した町人髷《まげ》に乱れは無かった。

長年の日焼けが染み付いた真っ黒な顔と、両手の甲がシミだらけでさえなければ、到底、元植木職には見えない。

「どうです、お一つ」

宇兵衛は慣れた手つきで茶を点《た》てはじめた。

切られた炉では茶釜が湯の沸く音を立てている。

点前《てまえ》を終えたところで、

「茶の湯は顔や掌《てのひら》が目立っていけませんな。これぱかりはなかなか――」

宇兵衛は自分の黒い顔をつるりと撫《な》で、ぴしゃぴしゃとシミの浮き出た両手の甲を交互に叩いた。

「これを見ていただきたいのです」

桂助は似顔絵を相手に差し出した。

「ここへ出入りした方々が見かけていて、しばらく前から姿を見なくなってしまったと――」

「美弥《みや》さんですね。少なくともここではそう名乗っていました。この秋口に、然《さ》るお方からしばらく預かってほしいと頼まれた方です。ここでは草木の世話なぞ頼んではいませんでしたが、じっとしているのは嫌だと言い、ご自分から進んで落ち葉掃きなどをしていました」

　宇兵衛は淡々と語った。

「いなくなったのは、頼み主が連れて行かれたからですか？」

「ええ」

「頼み主の名を明かしてくださいませんか？」

「それは出来かねます」

　終始穏やかだった宇兵衛の表情ががらりと冷ややかに変わり、紋切り型に口調が尖《とが》った。

五

「わたしが探している想い女《びと》なのです。美弥ではなく志保というのが本当の名のはずです」

　桂助は押して訊ねた。

「あなたはお若い。お気持ち、わからないではありません。ところで、あなたにはこのわたしが植木職仲間だったこの辺りの連中から、俄大尽《にわかだいじん》、植木屋隠居なぞと陰口を叩かれているような、お気楽者に見えますか？」

眉を寄せると顔中が皺《しわ》だらけになった宇兵衛は桂助の応えを待たずに先を続けた。

「わたしのところの庭は以前、梅林が主でした。御先祖様が育てた梅園は春先になると梅見に来る人たちで賑《にぎ》わっていました。この四季楽亭と異なり、梅見の人たちから銭を取ることもありませんでした。その頃はお旗本やお大名の江戸屋敷の庭の手入れで、生計《たつき》を立てることができたからです。ところが昨今、お旗本やお大名の内証がじりじりと窮迫して、この頃では雨漏りする屋根瓦を何とかするのがやっと、庭の手入れにわたしどもを使ってくださるお屋敷が少なくなってきたんです。これでは植木屋は干上がってしまいます。それで仕方なく、四季折々、草木が絶えない風情のある庭を自分の所に拵え、客から銭を取って見せるというやり方を思いついたんです。こうした植木屋の庭はわたしのところだけではなく、あちこちに造られていますが、皆、庭の持ち主たちは相応の苦労をしておるんです。銭を取るとなると、お上のお許しが要ることですし——」

言葉を濁した宇兵衛に、

「心づけなぞという生やさしいものではないのでしょうね」

実家藤屋の商いを見て育ってきた桂助は先を言い当てた。お上から商いの許しを得続けるためには、見廻《みまわ》りの下っ端役人はもとより、もっと上の役職の者たちにまでも、相応の金子《きんす》を包まねばならないのであった。

その額は商いの大きさや儲《もう》けによって異なる上に、役職が上であればあるほど金子以外のつきあい、ようは出来る限りの便宜をはかる等の気遣いが求められていた。

――おっかさんがちょくちょく、茶会に出かけていたのも、人好き、世話好きな屈託のないお房が商い上手なのもそのためだ。四季楽亭とて同じだろう――

桂助が言葉に詰まると、

「お察しいただき、ありがとうございます」

宇兵衛は深々と頭を下げて立ち上がった。

ここで志保の手掛かりは切れてしまったかのようだったが、

――宇兵衛さんは何かあるからあれほど頑《かたく》なに拒んだのだ――

桂助は四季楽亭を後にすると、思いついて藤屋へと足を向けた。お房が無事帰り着いたか見届けるためもあったが、正直それだけではなかった。

――お上のお歴々方とのつきあいに通じているお房なら、四季楽亭とお上の縁についても知っていることがあるかもしれない――

店先で出迎えた伊兵衛《いへえ》は目を丸くして、

「大雪で大変でしたでしょう？　さくら坂の方へお帰りになる前に、ここへお寄りいただけたんですね。皆さん、お喜びになります。ちょっとお待ちください、報《しら》せてきます」

うれしさを隠しきれない様子で奥へと走って入った。伊兵衛は藤屋の大番頭であり、桂助が幼い頃は良き遊び相手であった。長く独り身を通して住み込んでいたゆえに白《しろ》鼠《ねずみ》と言われていたが、縁あって所帯を持ち、今は通いで奉公を続けていた。

伊兵衛は両親《ふたおや》が隠居所にしている離れから戻ってくるなり、

「先生がここへおいでになることなんて、普段、滅多にありませんからね、お二人とも盆と正月が一緒に来たかのようなお喜びようで、手ずから夕餉の支度をしようと大お内儀《かみ》様は早速厨《くりや》へ入られました。大旦那様は今、おいでになります」

満面の笑みを湛《たた》えて告げた。

伊兵衛はお房夫婦が跡継ぎと決まってからは、桂助の呼び方を若旦那様ではなく、先生に改めていた。

「今日は良い日だ、居留地からの帰りで疲れているだろうに、よく立ち寄ってくれた」

奥から出てきた父の長右衛門《ちょうえもん》は血色のいい顔を綻ばせた。

「寒かったでしょう？　さあさ、上がって、上がって」

襷掛《たすきが》け姿の母のお絹《きぬ》もひょいと顔を出して、忙《せわ》しく厨へと戻った。

——二人はしごく平穏そのものだ。お房は居留地で起きたことを伝えていないのだろうか？——

桂助は不審に感じながら座敷で長右衛門と向かい合った。

「虫の食ったところだけ削り取って、型を取り、金を詰めただけで、お房のむしばはすっかり退治されて先行き抜かずに済むという。お房の口の中を見せてもらったが、まさにぴかぴかと後光が射しているかのようだった。いやはや、異国の歯の治しは聞きしに勝るものがあるな。驚いたよ、感心もした。おまえがその様子を見に居留地まで行きたがり、お房が歯の治しを受けたがったのも、わかるような気がした」

長右衛門は上機嫌であった。

「夕餉の膳が調うまでこれで温まっていてくださいな」

茶と甘酒を運んできたお絹も、

「お房の話では、異国の歯の治しには何より痛みがないんですって？　夢みたいだけど本当の話なのね」

満面の笑みであった。

――患者さんの誰もが金等を使えるわけではなく、痛くない歯の治しをして貰えるわけでもないのだけれどな――

桂助の方は複雑な想いでいた。

「わーい、やっぱり、桂助伯父《おじ》ちゃんだ、伯父ちゃんだよお」

廊下で子供の高い声がして、障子が開けられ、お房夫婦の倅《せがれ》、千太郎《せんたろう》が入ってきた。可愛い盛りである。

「よくおいでくださいました」

お房の連れ合いになった太吉《たきち》は桂助に向かって、伊兵衛と変わらぬ、深々とした辞儀をした。太吉は室町にある紬屋《つむぎや》の若旦那であった。紬屋の先代主貞右衛門《さだえもん》と藤屋の長右衛門は、かつてはお房の母お絹を取り合った仲であった。その貞右衛門の死を巡っては長右衛門が牢《ろう》に囚われるなどの紆余《うよ》曲折があったが、何とか太吉とお房は祝言をあげることができ、今日に至っている。

「何かと世話をかけます」

桂助は相手と変わらぬ深い辞儀を返した。

「伯父さん、遊んで、遊んで」

甥《おい》にせがまれて桂助が歌留多《カルタ》取りに付き合っている間に、お絹が腕を振るった師走の夕餉の支度が調った。

献立は氷室《ひむろ》に貯《たくわ》えてある甲州《こうしゅう》鮑《あわび》と胡桃《くるみ》の和《あ》え物、牡蠣《かき》と数の子、くらげのなます、特別に頼んで漬けてもらっている極上の大根使いのべったら漬け、一塩鮭《ひとしおざけ》の焼き物、白身魚の卵とじ、鴨《かも》ときのこのご馳走汁《ちそうじる》、鯛《たい》の刺身煎《い》り酒添え等であった。

千太郎はお房が急がせて作らせたという、牛の乳を煮立たせて砂糖と寒天を加え、蕎麦猪口《そばちょこ》に似たギヤマンの器に流して固めた食後の菓子に大喜びした。

「兄さんも好きでしょ？」

お房が耳元でそっと囁《ささや》き、

――志保さんが作るのを手伝ってくれた――

またしても、思い出の中に浸りかけた。

「話がある」

「あら、あたしもよ。だから、今日は藤屋《うち》へ泊まってってって。おとっつぁんたちも喜ぶから」

こうして桂助はこの日、珍しく藤屋に泊まることになった。

千太郎を寝かしつけた後、桂助の部屋にやってきたお房は、

「居留地じゃあ、怖い目にも遭ったけど、目的はあたしのむしば治しや、異人の先生

が使ってる削りの器械だったでしょ。だから、あたし、あのろくでもない大男のことも、もうちょっと何とかしたら美味しくなりそうな料理や、文句なく美味しかったけど、到底あの膨れ具合がこっちじゃ出来そうにないスコーンっていうお菓子のことなんかは、おとっつぁんたちには伏せといたのよ。そんなこと聞いたら、おとっつぁんもおっかさんも、異国と名のつくものは全部危ないなんて言い出して、歯医者なんて止《や》めろって言うに決まってるもの。旦那様にはこれからゆっくり話すつもり。今じゃ居留地も長崎、横浜だけじゃないし。そして日々、いろんな異国人が来て、さまざまな物が取り引きされてる。ってことは、そのうち、世の中、がらっと変わるんだろうって思うのよね。怖い目に遭ってた時は、もう沢山、勘弁してよ、今のままがいいって思ったけど、生きて帰れたのは運の強さだと思うことにして、前に進むことにしたのよ。これは沢山の人に喜ばれる商いになるわ。もちろん、ここは一つ、兄さんたちにも頑張ってもらわないと」

　いつもの強気を取り戻していた。

六

黙って聞いていた桂助が、ウエストレーキから聞いた話をすると、

「でしょ。この国が変わるように、兄さんや鋼次《こうじ》さんたちの治療や仕事も異国に関わって様変わりするに違いないわ。だから、頑張ってと言ったの。何とかして、あの先生のところへ通って、むしば治しの奥義を極めてもらいたいものだけど、あの異人先生、そう長くはあそこにいないみたい。そうなると兄さん、メリケンって国に行って、見て触れて学ぶしかないわね」

お房は桂助が心密《ひそ》かに秘めていた想いを、あっさり軽々と口にした。

——如何《いか》にも、この調子で居留地へ足を向けたお房らしい——

「まあ、そうなんだろうが、言うは易《やす》く行うは難《かた》しだよ。異国と居留地とは違うことだし」

桂助は苦笑して、この話を仕舞いにしてから、

「実は——」

志保を捜して四季楽亭を訪ねた話をした。

「商人《あきんど》とお上のお偉方たちとの関わりねえ。こういうの、先祖代々ずっと続いてきて、当たり前すぎて今一つぴんと来ないけど、キングドンさんを知ってた、おとっつぁんのカラタチバナ仲間なら、もっと深いことをご存じかもしれないわね。西陣屋織《にしじんやおり》左衛門《ざえもん》さん。実は居留地への手配はその西陣屋さんがしてくだすったのよ。上方からこっちへ商いを広げようとしてて、居留地にも出入りなさっているんですって。ちょくちょく藤屋へ顔を出されるから、何なら、訊いてみてあげましょうか？」

お房が人に好かれるのは持ち前の親切心ゆえであった。

——まさかとは思うが、お房のことだから居留地へ歯を治しに行きたいと無邪気に話したから西陣屋さんは紹介してくれたのだろう。しかし、キングドンさんが悪党だったことを西陣屋さんは知らなかったのだろうか？　密売はともかく、人柄は知っていたはずだ。それに言葉も流暢《りゅうちょう》だったし、わたしのことも知っていた。商いを広げようと江戸店《えどだな》を出そうとしている西陣屋さんにとって藤屋は商売仇だから——。まさかとは思うが、前もって西陣屋がキングドンさんに頼んでいたとしたら？　あの親子の復讐が遂げられていなかったら、わたしたちは初めから殺される運命《さだめ》にあった？——

桂助はぞっと背筋のあたりが寒くなってきて、

「いや、それには及ばない。今の話は忘れてくれっ」

珍しく強い口調になった。

翌朝、藤屋で卵かけ飯の朝餉を済ませた桂助は急ぎ〈いしゃ・は・くち〉へと戻って、まずは懐中にあった劉元徳からの文を裏庭で燃やした。

——これがあっては殺しの動かぬ証《あかし》になる。事情が事情だし、ここからは遠い居留地での出来事だ。出来ればあの屋敷からキングドンさんと三人の奉公人が行方知れずになった。それだけの事実であり続けてほしい——

その後は昼餉抜きで、やってくる患者の治療に励んだ。

居留地で見た虫歯治しの光景がどうしても頭を去らず、虫歯がそれほど進んでいない患者たちには、ついつい、

「歯抜きをもう少し待てませんか？」

などと言いがちとなり、

「いいや、抜いてくださいよ。痛くてかないません。それとも、表の看板に偽りあり、師走に限って歯抜きが無料《ただ》ってぇのは嘘だったんですか？」

患者たちの不審を買った。

「いえ、そんなことはありません」

まさか、居留地での虫歯治しの話など持ち出すわけにはいかず、桂助は惜しい、惜

しいと後ろめたさを感じつつ、歯抜きを続けるほかなかった。たしかに患者たちの訴え通り、虫歯が進行し歯の神経や根の先に炎症が及ばない、歯神経近くを冒す際が最も痛みが強いのである。

しかし、その間も大身旗本の継嗣《けいし》の一件には虫歯になっていなかった、抜くにはあまりに惜しすぎる大人の白い歯が脳裏にこびりついて離れなかった。それで、最後の一人の抜歯を終えた桂助は、あまりの空《むな》しさに常になく疲れ果てた。

そこへ、

「桂さん、俺だよ」

風呂敷で包んだ重箱を手にした鋼次があらわれた。

「どうしたんだよ、灯《あか》りもつけねえで。長火鉢の火が消し炭になりかけてるぜ。昨日、お房さんが桂さんは無事に帰ってきたけど、藤屋に泊まるって報せてくれたのさ。患者想いの桂さんのことだから、たとえ実家《さと》でも長居なんてするわけない、絶対、今日はとことん治療に励んでるってわかってた。それで美鈴《みすず》がさ、帰って来た先生は患者を診《み》続けて疲れてるだろうからって、弁当を拵《こしら》えてくれたんだ。一緒に食おう」

「それは有り難い」

鋼次の顔を見た桂助は忘れていた空腹にやっと気がついた。

「茶は俺が淹《い》れるよ」

勝手を知っている鋼次は灯りを点け、火鉢に炭を足して薬罐《やかん》をかけた。

美鈴が用意してくれたお重の中身は、梅干し入りのにぎり飯、切り干し大根、豆腐、蒟蒻《こんにゃく》、山芋、牛蒡《ごぼう》の煮物、蜆《しじみ》の和え物、鯔《ぼら》の浜焼き、漬物屋で売られているべったら漬けであった。

「これもあるって」

鋼次は腰にぶら下げていた大徳利をどすんと畳の上に置いた。

「美鈴が桂さんは普段飲まないけど、下戸《げこ》ってわけじゃなし、疲れた時にはいいんじゃないかって――」

「そうですね」

珍しく桂助は頷いて、

「正直、あの赤い酒はこれで一度忘れて――」

鋼次が注《つ》いだ湯呑《ゆの》みの酒をぐいと飲み干し、

「また別の機会に楽しく飲みたいです」

本音を口にした。

「そうだろうと思うよ」

あの時一口も飲まなかった鋼次は間の悪い顔になった。

二人はしばらく無言で箸を動かし、酒を飲んだ。

「ところで」

「それでさ」

桂助と鋼次は共に切りだし、顔を見合わせて笑い合った。

「鋼さんはお房にキングドンさんが殺されたことを伏せてくれていたのですね」

桂助の言葉に、

「普段、強気の女ほどああいうのに弱いからさ、うちの美鈴もそうだしね。ほんと言うと俺だって頭がくらくらしてた。この先、骸《むくろ》になっちまったキングドンには殺されねえんだろうけど、キングドンを殺した奴ら、残りの阿片とやらを探しに、いつまた襲ってくるかしんねえ、いや、もう、屋敷の中をうろついてるかもなんて思うと、気が気じゃなかったぜ」

「キングドンさんを殺したのは阿片の取り引き相手ではありませんでした」

「ええっ？　それじゃ、一体誰なんだい？」

頭をかしげた鋼次に、桂助は降り積もっていた雪を掻き分けた土に残っていた証と、劉元徳が残していった文の内容をかいつまんで話した。

「俺たちに先に帰れって言った時、桂さんには下手人の見当がつきかけてたんだろ？　そいつらに囲まれて、そいつらが拵えた飯を食い、また泊まるなんていい度胸だよ、よくできたもんだ」

鋼次は感心を通り越して呆《あき》れ返った。

「人殺しを生業とでもしていない限り、人は人を簡単には殺せないはずだとわたしは信じていますから」

桂助はさらりと言ってのけ、

「まあ、同じ異人でもこっちの言葉をぺらぺらとこれ見よがしに話してたキングドンは、嫌な奴の親玉だったが、あの親子三人やウエストレーキ先生は時折優しい目になった。言葉がまるで通じなかったからよくわかったんだ、そうかぁ、あいつら、御者のおやじさんも含めて、そんな気の毒な事情があったのかぁ。キングドンだけじゃなしに、危ないって話の阿片の始末までしていったってぇんだから、こりゃあ、もしかすると俺たちにとっちゃ、恩人なのかもしれねぇな」

鋼次は目を瞬《しばた》かせつつ、奉公人を装っていた異人家族の復讐を控えめに讃《たた》えていた。

「でも、始末された阿片はあれが全てではあり得ません」

桂助はウエストレーキの危惧を口にした。

「俺、ほんと言うとずっと阿片が危ないなんて思っちゃいなかったんだ。医者が使う薬だと思ってた。桂さんもそうじゃねえのかい？」

「この国が阿片禍をまぬがれていられたのは、国を閉ざしていたからだと思います。古い本によれば、鎌倉で政《まつりごと》が行われていた頃に阿片の強い薬効が認められ、足利《あしかが》将軍の治世になって、南蛮貿易がケシの種をもたらし、栽培もされたものの、量産は出来ず、精製の技が拙く不純物が多かったのも幸いして、阿片中毒の患者は出ずに済みました。江戸開府後はお上の裁量により、甲州、紀州《きしゅう》、大坂等でケシ栽培は行われ、阿片のほとんどが医者たちの手に渡っていたのです。医師による阿片の処方は、煎《せん》じ薬のように患者に飲ませるやり方で、煙草《たばこ》のように吹かした煙を吸い込ませることもなかったので、他国のように中毒化しなかったのでしょう。ただし医者たちの使用に制限はなく、鎮痛、不眠に用いるのは的を射た使用法としても、コロリ（コレラ）患者にもしばしば使われています。コロリには発熱と下痢で体内から失われる水分の補給が特効で、阿片では完治せず、むしろ死期を早めることになりかねないというのに——」

——さすが桂さん、阿片の生き字引だ——

鋼次は感心しつつも、

「今、桂さん、ほとんどが医者の手に渡ってたって言ったよね、ってことは、他の使い途《みち》もあったんだろ?」

気になった。

七

「罪を白状させる時に使われることもあるようです、ごく少量を飲み物に混ぜて」

「それ、牢医が調べの役人に阿片を渡すってことだよね」

「そうでしょうね」

「阿片てえのはぼーっといい気分になるんだって聞いてる。そんな具合になってて、あれこれ訊かれたら、ついへいへいそうでしたなんて罪を認めちまうだろ。そいつが罪を犯してなくてもさ。コロリの薬に使うより質《たち》が悪いぜ」

「その通りです。とはいえ、よいことでは決してありませんが、医者の手を経て医術のほかで使われる量はたかが知れています。もっと怖いのはやがて——」

桂助が言いかけ、

「キングドンみたいな奴」

鋼次が言い当てて、

「金五《きんご》の話じゃ、ここのところ、よくわかんねえ死に方をする連中が市中で立て続いてて、阿片にやられてのことじゃないかって、友田《ともだ》の旦那と一緒に調べを続けてるみたいだ。けど、居留地の匂いはぷんぷんするもんの、出所が掴《つか》めなくて埒《らち》はあかねえみたいだな」

ふと洩《も》らした。

けむし長屋の住人で鋼次の弟分である金五は、南町奉行所定町廻《じょうまちまわ》り同心友田達之《たつの》助《すけ》の下で十手を握りながら、白狐の装束を着けての白飴《しろあめ》売りで暮らしを立てている。

一方の酒好きの友田は四十歳を過ぎてなおまだ独り身を通していて、日々、酒を食らって寝るという不摂生が祟《たた》り、重い歯《は》草《くさ》を患っていた。歯草も重症になると歯茎がずきずきと痛む。時折、桂助のところを訪れるのは無料の治療のためであった。

「本当ですか？　まさかこの市中で——」

——そういえば、このところ、友田様がおいでになっていない——

桂助が驚愕《きょうがく》すると、

「いけねえ。ついうっかり口が滑っちまった。聞かなかったことにしてくれ」

鋼次は両手を合わせた。

「そうは行きません」

桂助は毅然《きぜん》と言い放った。頭にウエストレーキの警告が響き渡った。

〝この国のあなたは医という基盤に立つ林則徐になってください〟

――何としても、この身を挺《てい》してでも、阿片汚染の石垣にならなければ――

桂助は強い目で鋼次を見据えた。

――そうだった、桂さんは言い出したらきかねえ男だってことを忘れてたぜ――

「わかった、わかった、今、奉行所が目の色変えてる阿片の話をするよ、なにね、こいつについちゃ、調べに長《た》けた桂さんが相手でも知らせてくれるなって、金五に口止めされてたんだ。ったく口は禍《わざわい》の元だよなあ」

ぼやいた鋼次を、

「それより、どんな不審な事件が起きてるのか、話してください」

桂助は促した。

「ごめん、そこまでは俺も知らねえんだ、ほんとだよ。じかに金五か友田の奴に訊いてくんな。ああ、でも、話しちゃくれねえかもなあ」

鋼次は途方に暮れた顔になり、

――これ以上、鋼さんを困らせられない――

「わかりました、ところで、この菜《さい》はどれも美味しいですね、わたしも珍しくお酒が進みます」

桂助は話を変えて、鋼次と自分の湯呑みに酒を注ぎ足した。

この後、夜更けて鋼次は帰り、桂助も眠りに就いた。

――明日にでも番屋を訪ねて訊いてみよう――

明け方近くにウエストレーキの夢を見た。

〝密売人はキングドンだけではありませんからね〟

夢の中のウエストレーキはキングドンの悪行を知っていた。

〝他に誰が居るんです？　教えてください〟

桂助の言葉に、

〝わかりませんが、密売はこの国以外の者たちだけが謀《はか》って成り立つものではありません〟

ウエストレーキはきっぱりと言い切った。

その刹那《せつな》、赤い牡丹《ぼたん》の花を配して描かれている、浮世絵の美人画が迫った。描かれているのは志保のように見えた。しかし、牡丹と見えたのはよくよく目を凝らすと牡丹ではない。一重咲きの花びらが大きくひらひらと優雅に風にそよいでいる。キングドンが育てていた、真紅の唐子咲きの椿の方がまだ牡丹に近かった。

――ああ、これはきっとケシの花だ――

突然そう思った。

桂助はケシの花を目にしたことなどなかったから、なぜ、そう見えてきたのか不思議だった。

――なぜなのだろう？　これは誰もが好む美人や牡丹のように、阿片を生むケシの花が今後、広くこの国を汚す前触れなのだろうか――

夢の中である種の不吉さに戦《おのの》いているうちに目が覚めた。

すでに夜が明けかけていた。

「先生、先生」

どんどんと戸口を叩く音がした。

「金五さん」

手足が長く、ひょろりとした姿が蚊蜻蛉《かとんぼ》そっくりの若者が、寒さのために身を縮込めるでもなく、呆然《ぼうぜん》と立ち尽くしている。大きく歪《ゆが》んだ顔は今にも泣き出しそうであった。

「何か――」

「志保さんが、両国橋の袂《たもと》で——それから——」

先を続けかけて金五の声が掠れ、一瞬桂助の息が止まりかけた。

あまりに心の衝撃が大きすぎると恐ろしく冷静になるのが桂助であった。

「わかりました、すぐに行きます」

——こんなことがあってもおかしくはないのだ——

桂助は素早く身支度を調えて、金五と共に両国橋《りょうごくばし》へと向かった。並んで歩いていると、しきりに洟《はな》を啜《すす》る金五に、

「走りましょう、早く志保さんのところへ行ってあげなければ——」

断言した桂助は先に走り出した。

——そうでもしないとわたしの心はこの痛手から立ち直れはしないだろう——

俊足自慢の金五にすぐに追いつかれ、両国橋までの間、桂助は六間（約十一メートル）ほども後ろを走ることとなった。

息を切らして行き着くと、待っていた金五がそっと骸に掛かっていた筵《むしろ》を持ち上げた。

——志保さん？　いや——

桂助は素早く骸の顔の左目の下を見た。やや大きめの目立つ泣き黒子《ぼくろ》があった。

――これは志保さんではない――

桂助は金五に向けてゆっくりと首を横に振った。

「よく似ていますが違います。他人の空似はそう多いものではないので、おそらくわたしが志保さんの行方を探して立ち寄った先、染井の四季楽亭で働いていた女ではないかと思います。美弥と名乗っていたとのことでした」

桂助が告げると金五ははっとした表情になった。

何と隣りにはもう一体筵の掛かった骸があった。死んでいる女の右手首に結んである赤い紐《ひも》の垂れている先にその筵があった。

「相対死《あいたいじに》（心中）みたいなんだ」

怒ったような口調で金五は掛かっていた筵を取り除けた。

――これは――

予期せぬ驚きが桂助を襲った。

――こんなことが、信じられない――

白髪混じりの髷を乱した友田達之助が、川原に息絶えて横たわっていた。赤い紐で手首を結び合っていた女同様、将棋の駒のような顔は生きていた頃とあまり変わらず、今にも、起き上がって、

「よう、藤屋、まいったぞ」

〈いしゃ・は・くち〉の戸口を開けて声を掛けてくるのではないかとさえ思われた。

「これから番屋へ運ぶから、先生、相対死かどうかを確かめてくれるよね。お願いだよ」

金五の声はまた掠れた。

――今、この若者には強い支えが要る――

金五は幼い頃に両親を殺され、たった一人の身内だった祖母も亡くしていた。金五にとって、愚痴と怒鳴りとだらしなさの見本のような友田達之助は、身内にも匹敵する唯一無二の存在であった。友田の方でも、一度目にしたものは決して忘れない金五を、風変わりが取り柄の倅のように見做《みな》していたきらいがあった。

しかし、その友田はもういない。

「わかりました」

桂助は力強く応えた。

やがて戸板が届けられて、二体の骸が番屋へと運ばれていく。桂助は金五と一緒に骸に付き添った。

番屋にはあろうことか、南町奉行が待ち受けていた。

「そなた藤屋桂助が歯抜きの名人にして、骸検《あらた》めにも卓越していることは存じておる。よろしく頼むが、骸検めの結果は人を寄越《よこ》して貰い受ける。くれぐれも他言無用のこと、よいな」

念を押された桂助は、

「承知いたしました」

奉行が番屋を出て行くまで金五と並んで頭を下げていた。

「おいら、一つ先生に謝らなきゃいけないことがあるんだ、みっともないったらない」

金五はまだ頭を垂れたままでいた。

「あなたも志保さんとは顔馴染《かおなじ》みでしたね。ならば一目で、この骸の女が志保さんではないとわかったはずです。そのことでしょうか?」

「ん、おいら、一度見たものはよーく覚えてられるはずだったのに、何で泣き黒子のある無しに気がつかなかったんだろ。何で志保さんだなんて思い込んだんだろ? おいら、どうかしちまってる――」

金五は動揺の極みにあった。

「とにかく落ち着いて。あなたを頼りにしているのですから、今は骸検めに集中してください」
桂助は金五を促して持参した薬籠《やくろう》に手を伸ばした。

第四話　さくら坂の未来《さき》へ

一

桂助《けいすけ》は骸《むくろ》に手を合わせた後、二体を裸にして調べた。

「女の方は乳房の色が黒く、腹部に膨らみが目立っています。身籠もっています」

「ま、まさか友田《ともだ》の旦那の子？」

金五《きんご》は目を白黒させかけたが、

「違うよね、もしそうだったら死んだりなんてするはずないもん。ああ見えても旦那は子供好きだったんだよ。特に赤子が大好きでさ、赤子ってよく病で死ぬでしょ？それがたまんなくて深酒するんだって言ってた。酒飲む方便じゃないよ、ほんとだよ、やたらと通りすがりの母子《おやこ》連れを呼び止めて、赤子を抱きたがる癖もあったし。たいていは抱かれた赤子、旦那の酷《ひど》い口の臭いを嫌がって大泣きするんだけどさ。そんな時の旦那は悲しそうだったよ」

しみじみとかけがえのない友田を思い出していた。

二体とも身体《からだ》には傷一つなかったが、共に目の結膜に溢血点《いっけつてん》が残っていた。

「でも、首に絞められた痕《あと》はないよ」

金五は頭を傾《かし》げた。結膜からの出血は絞め殺された際にも見られる特徴の一つであった。

「結膜溢血は入水《じゅすい》でも見られます。首を絞められても、覚悟の身投げでも息が詰まって死ぬのですから、これだけでは死の因《もと》の特定はできません。はっきりさせるには以前、長崎で習ったこの手しかありません」

桂助は手術刀を取り出した。桂助の利き手と一体化した手術刀が何度か閃《ひらめ》くと、あっという間に、骸二体の胸部が開かれて肺が露《あら》わになった。

「肺の臓の中を見てみましょう」

手術刀を小型なものに替えた桂助は、細心にして大胆に肺を切り開いていった。さらさらと水が流れ出る。

「は、肺の臓の腑分《ふわ》けだ」

金五は胆《きも》を潰した。

「覚悟の入水にせよ、誤って川や海に落ちたにせよ、入水した骸の肺の臓からは泡立った水が出てきます。その泡は水中で人が吸って吐く際、水がかき回されてできるものです。その泡は水を吸い込む直前まで、当人が生きていたことを示すもので、溺れた証《あかし》と言えます」

「で、でも、この二人の肺の臓に泡なんてないよ」

金五はしっかり覚えていようと二体の骸の肺の臓に目を据えた。

「肺の臓にそのような泡がない場合は、吸って吐かない状態、ようは水中に入る前から既に死んでいて、息が止まっていると思われます。水は後から肺の臓に入ったのです」

「そ、それじゃ——」

「病死でなければ殺しということになります」

桂助は二体の骸をもう一度仔細《しさい》に見ていった。再度仰向《あおむ》けからうつ伏せにし、友田の後頭部をじっと見つめて、

「先ほどは見落としていましたが、重なっている薄い痣《あざ》がありますね。死んでしまうとこの手の痣はできないので、生きているうちに付いたもののようです」

「殴られて殺されたとか？」

「それなら深い傷になっていたはずです」

「それじゃ、どうして？」

「友田様がご自分で付けたのではないかと——。後ろに仰《の》け反《ぞ》って頭を壁に何度も打ちつけるとこのような痣になるでしょう」

「それ、もしかして——」

金五は呟《つぶや》き、桂助は急いで友田の口をこじ開けた。歯草《はくさ》特有の悪臭がもう臭うことはなかった。

「思った通りでした」

喉まで届く長さのある口中器具が使われて、噛《か》みしめた歯の間から丸まっている色付きの紙が取り出された。

〝藤屋、よく見ろよ、そしてわしに代わって突き止めてくれ。おまえの十八番《おはこ》を遺《のこ》しておいてやったのだからな〟

桂助は骸になった友田の声が聞こえたような気がした。

「友田の旦那はどうにかこうにかして、相対死《あいたいじに》（心中）なんて冗談じゃない、自分は殺されたんだって伝えたかったたんだね」

金五は堪《こら》えきれずに泣き声になり、

「それと骸が長く水に浸かっていると見分けがつかなくなることもあるというのに、この骸二体ははっきりと生前の面影を遺していますす。つまり、下手人の意に反して骸が水中にあった時は短かった。これも友田様の思いによるもののように感じられてなりません」

桂助も同じように思った。

そして、友田が殺される間際、咄嗟《とっさ》に口の中に隠したその紙を広げてみると、引き札（宣伝チラシ）に類するものであった。

――これはあの夢とほぼ同じ――

よくある美人画にあのキングドンの温室の唐子《からこ》咲《さ》き椿《つばき》が添えられるように描かれていて〝水茶屋　浮世絵つばき〟という店の名が躍っていた。ただし、場所はどことも書かれていない。

「実はおいらたち、この店のことを調べてたんだよ」

「その話は後でゆっくり聞くことにします」

桂助は再度志保《しほ》似の女の骸に鼻を近づけて検《あらた》めた。

「何やらここいらが匂いますね」

桂助は口と右の脇の下を指差した。

「悪い臭いではありません。むしろ高貴なよい香です。けれども、珍しい匂いです。あなたも嗅いでみてください」

従った金五は、

「これ伽羅《きゃら》やら沈香《じんこう》、白檀《びゃくだん》なんかが混ざってる香屋《こうや》の匂いに似ているけど違う。うーん、水に浸かってたっていうのに、匂いは残ってた。ってことは――」

乾きかけていた女の着物の袖を調べて、

「あったよ、これだ」

着物を検め、右身頃《みぎみごろ》に縫い付けられている小ぶりの房楊枝《ふさようじ》を見つけた。鼻に当てて匂いを嗅ぎ、

「間違いなし、これだよ、これ。おいら、目に見えてるもののほかにも、匂いにもちょっとだけ自信あるんだ」

少しだけ頰を緩めた。

糸を外した房楊枝を金五から受け取った桂助には、

「使われているのは黒文字《くろもじ》ですね。しかも極上の」

使われている木の種類がわかった。

房楊枝は柔らかく煮上げた棒状の木の先を、木槌《きづち》で叩《たた》いたり、専用の器械を用いたりして、歯や歯茎に優しく添うよう、繊維をばらばらにして作られる。

器械が拵《こしら》えてくれる安価な使い捨てには泥ヤナギ等が使われる。

一方、木槌で丁寧に作られる高価な注文品には、香りが珍重される黒文字が選ばれるという話を、桂助は房楊枝作りを生業《なりわい》にしている鋼次《こうじ》から聞かされたことがあった。

「これでまた、はっきりしたよね。この女は友田の旦那の相手じゃない。極上の黒文字の房楊枝をお守りみたいに着物に縫い付けてる女が、旦那の口の臭いに耐えられるわけないもん」

「二人は別々に殺されて赤い紐《ひも》で手と手と結んで、相対死を装わされたのだと思います」

桂助はきっぱりと言い切った。

「入水じゃないとすると死の因は？」

金五は探るように桂助を見た。

——金五さんにはもう、おおよその察しがついているようだ——

「残念ですが、わたしの力ではそれ以上はわかりません。ただし見当はついています。これについて、くわしく金五さんが話してくれれば確たる証になりそうです」

桂助は水茶屋、浮世絵つばきの引き札を指差して金五を促した。

「これは絶対秘密にしなきゃならないんで、友田の旦那が生きてたら、おいら、どやされちまうとこなんだけど——」

「わたしは新しいメリケンの歯科技術を学ぶために、横浜の居留地へ足を向けたばかりです」

「それって――」

「居留地に逗留《とうりゅう》して――。奉行所が案じていることは、よく分かっているつもりです。このところ市中に阿片《アヘン》の中毒患者が増えているのではありませんか？」

桂助がずばりと切り出すと、覚悟を決めた金五は大きく頷《うなず》いた。

「それでおいらと友田の旦那は、中毒患者を伝馬町《てんまちょう》の溜《たまり》に連れてくお役目を言いつかってた。溜で阿片の毒を抜かせるんだよ。何度か見たけど、これがまた酷いもんだった」

溜とは牢《ろう》で病に罹《かか》った罪人を保養させるための場所であった。

ちなみに阿片中毒の症状は痩軀《そうく》、顔色の悪い白い皮膚、性欲・食欲の減退、不眠を経て、禁断症状の漠とした不安感、強度の恐怖心、幻覚、手足の震え、過度の痛み、言語障害等であり、隔離して阿片から離脱させるしか治療の方法はない。

「けどさ、そこそこ毒が抜けて市中に出た奴《やつ》らの大部分が元の木阿弥《もくあみ》。実を言うとそいつらは、男女ともに結構なとこの旦那やお内儀《かみ》、若旦那や娘だったりしてて、金に不自由はないもんだから、またひょいと家を出て帰って来なくなっちまって、帰ってきた時はもうたいした醜態で、おいらたちに声が掛かる。どうやって手に入れるのか、家の中で阿片をやってる奴もいる。この繰り返しなんだよ。これじゃ、何のためにやってんのか、わかんないって友田の旦那が言い出した。おいらもそう思ったよ」

「それで人を阿片中毒にしてしまう源を見つけようとしたのですね」

「それしかないってことになった。でも、おいらがあの時止めてれば、旦那はこんなことにはならなかったのかもしれない」

金五は洟《はな》を啜《すす》った。

二

「止めても友田様は信じる道を進まれたと思います。わたしが友田様でもそうしていたでしょうから。続きを話してください。友田様はどうやって、あの水茶屋、浮世絵つばきに行き着いたのです？」

「中毒の連中と親しくなったんだ」

金五はたまらない表情になった。

「ということは――」

桂助もある種の痛みを感じた。

「ん、旦那がそうやって仲間になんないと、源は突き止められないだろうって。おいら、その役目、買って出たんだよ。だけど、旦那はこういう危ない役目はもしかしたら一生中毒地獄ってことにもなりかねないから、年食ってて、命の残りの少ない方がやるもんだって譲らなかった」

――この時すでに友田様の覚悟はできていたのだ――

「それで、やっと旦那は呼び出しの手口を摑《つか》んだ。あの引き札だよ。聞いた話じゃ、美人にケシはずっと描かれてきた画題なんだって。もともとはケシの花が綺麗《きれい》なんで描いたんだろうね。それをよくわからない変わった牡丹《ぼたん》みたいな花に描き変えてて、他の引き札に紛れ込ませて届けてくるんだ」

「これは特別な改良を加えられた唐子咲きの椿です。居留地で見ました」

「ふーん、そうするとやっぱり、旦那が言ってた通り、清国流にぷかぷか煙草《たばこ》みたいに吸って、一時は極楽、そのうち地獄を見る阿片は横浜居留地から流れてきてるんだね」

「それゆえ、お上は完璧に阿片を取り締まろうとしているのです」

「旦那もそう言ってたよ。いろんな国から異人がやってきて、薩長《さっちょう》とかがわあわあ騒いで、幕府は虚《うつ》けだって言ってるけど、結構御重臣方はしっかりなさってるって。清国とエゲレスの阿片戦争だって知ってるし、出島の阿蘭陀《オランダ》人から聞いて、阿片の功罪についてもよーくわかってるんだって。だから貿易のために開国して居留地を決めた時に、どんな強気な国相手でも、阿片の持ち込みは禁止っていう一文を決まり事にしたんだって」

「たしかにそれはうがった見方ですが、あなた方に命じ、市中の阿片患者を溜に集めて、一時、阿片から脱《ぬ》けさせるだけでは真の阿片対策にはなっていません。阿片の誘惑に負けるのはよくないことですが、それ以上に悪質なのは、このような恐ろしい習癖へと誘い込む輩《やから》、阿片の密売人や仲介人たちです。これらを一掃しなければなりません。友田様一人ではとても歯の立つ相手ではなく、お上が先頭に立つべき事柄です」

桂助はいささか憤怒《ふんぬ》を覚えていた。

――友田様が骸になり果てた理由《わけ》にはお上の面目、建て前の優先もある――

「おいらも先生みたいに思ってた。一度だけ旦那にも言ったけど、こっぴどく叱られた。お上のことをとやかくいう前に、人はそれぞれ自分の分を生きればいいんだって。でも、最後に〝そこまで案じてくれるのはおまえだけだ〟って、うれしそうな顔してたな。あの頃からもう、旦那はやたらと怒りっぽかったから、おいら、あの笑顔にはほっとしたよ」

「友田様は阿片に病みついてしまい、身も心も崩されていたのですね」

「うん。最初の頃はやたらと元気で〝俺は阿片には負けない〟なんて息巻いてたけどね。そのうちに――、おいら、やっぱり、阿片にはどんな人も負けるんだってわかったよ。阿片が切れると苦しくてたまらないって、洩《も》らしてたことあったもん。それでも、あと一歩で水茶屋、浮世絵つばきの場所が見つけられそうだって言ってたこともあった。仕舞いにどっちが旦那の本心かわからなくなった」

「金五さんへの危害は？」

「それだけはなかったよ」

「だとすると、自分から頭を打ちつけて出来た痣といい、あの引き札を口中に隠して亡くなったことといい、敵に目的を知られた友田様は阿片を大量に盛られて殺されたのだと思います。阿片によって息の根を止められると証はこのように残りませんから。友田様は阿片が途切れたことに苦しみつつ、正気を保ち、お役目を全《まっと》うしようとなさったのです」

　桂助は知らずと目を潤ませていた。

「おいらもそう思う。だから何としても、友田の旦那の無念は晴らしたいんだ」

「力を合わせて共に突き止めましょう」

「ありがとう、先生」

二人は互いに頷き合った。

この後、金五の目は黒文字の房楊枝を着物に縫い付けていた女の骸に注がれた。

「これと言える証はないけど、おいら、この女もやっぱり旦那と一緒で、阿片中毒に見えるんだけど。首は折れそうに細いし、肌は白すぎて窶《やつ》れた感じだもの――。ぱっと見は志保さんに似てるけど、じっとこうやって見てると全然似てない。志保さんはもっと活《い》き活きしてて元気だった。志保さんが昼のお日様ならこの女は新月みたいな頼りなさだ」

金五のこの言葉に桂助はキングドンに拉致《らち》されて、商いの道具にされて命を落とした洋装の美女つばきを思い出していた。

――つばきさんも美弥《みや》と名乗っていたらしいこの女も、志保さん似の二人はことごとく薄幸だった。顔のよく似た者同士は運命もまた似てしまうのか、それとも逆なのか、そもそも因果などあるわけもないのか――

金五が評したようにお日様ほど明るい強運は持ち合わせていなくても、せめて志保さんには、闇に包み込まれているかのような新月の運命に落ちて、夜明けと共に消え入ってほしくないと桂助は祈った。

――どんな志保さんでもいい、生きていてくれ、お願いだ――

その後、桂助は骸の胸を縫い合わせて、再び手を合わせた。奉行所役人と小者たちがやってきたのは昼近くであった。

番屋の板敷で桂助が書き上げた骸検書《むくろあらためがき》を渡すように言われ、桂助が従うと、

「それでは次にもう一枚この通り書くように」

役人が指示した一文は以下のようなものだった。

骸検分により身元不明の男女は相対死と見做《みな》される。

湯島さくら坂
口中医　藤屋桂助

桂助が書き終えると、

「骸は奉行所で預かりおくものとする。相対死は重罪ゆえこのまま捨て置くのが決まりだが、男の方が定町廻り《じょうまちまわ》であることから、預かりおくは慈悲の計らいだ」

そう役人が告げて、二体は大八車《だいはちぐるま》に載せられて番屋を出た。

「江戸に身寄りがない友田の旦那の骸はおいらが何としても弔って供養してあげたい。

お役人に頼んでみる」

　金五が後を追って、長すぎる足でよろけるように、しかし殊の外速く走り出した。

　金五を見送って、桂助がさくら坂の〈いしゃ・は・くち〉に帰り着くと朝から押しかけていた患者たちはまだ待っていた。

「あ、先生だ」

「助かった」

「歯抜きさえ終われば、今夜は眠れそうだよ」

「それにしても有り難いねえ」

　何と鋼次もいた。

「皆の話じゃ、朝からいねえっていうじゃないか、どこへ行ってたんだい、桂さん」

「往診です」

　答えた桂助は、

「お待たせしました、すみません」

　すぐに手を丹念に洗い、白木綿《しろもめん》の小袖を羽織った。

　鋼次が手伝ってくれて、最後の一人の歯抜きが終わったのは八ツ時（午後二時頃）をとうに過ぎていた。

「朝早くから出ずっぱりじゃ、腹が空《す》いてるはずだぜ。美鈴《みすず》が唐芋《からいも》を持たせてくれた。今蒸《ふ》かすから腹の足しにしよう」

鋼次が竈《かまど》に火を熾《おこ》して唐芋を入れた蒸籠《せいろ》をかけた。

「いつもすみません」

昨夜に引き続き、桂助は相手に言われてやっと自分の空腹に気がついた。

「美鈴がね、あいつ、勘がいいっていうか、閃《ひらめ》きが当たるっていうか、時々、いいことも悪いことも先のことがわかるんだよ。そんなあいつが俺に房楊枝は作り置きがあるし、神社の店《たな》の方も一人で何とかするから、しばらくは桂さんについててやれってて――」

「もしや、居留地でのことを美鈴さんに話したのでは？」

「ウエストレーキってぇ先生のことは話したさ。でも、キングドンとか阿片のことまでは知らせられねえよ。背筋が凍りつきかねない怖すぎる話だからな――」

「よかった」

桂助はほっとしたものの、顔に貼りついたままの曰《いわ》く言い難い翳《かげ》りは消せなかった。

それを鋼次はもちろん見逃さなかった。

「いいんだよ、桂さんは俺たちのことそんなに心配してくれなくたって。俺と美鈴とお佳《よし》はいつもちゃーんと固い家族の絆《きずな》で結ばれてんだからさ。それよか、桂さん、またぞろ心が暗くなることに出遭ったんじゃあねえのかい？　そんな顔してるぜ」

「実は――」

桂助は相対死を装わされて果てた友田達之助《たつのすけ》の骸を検めた経緯《いきさつ》を語った。

鋼次はさっと顔色を変えたものの、

「ほんとかい？　あの殺しても死なねえ様子の友田がかい？」

念を押さずにはいられなかった。

「真実《まこと》です。居留地から入ってきている阿片絡みですので、何があってもおかしくありません」

桂助は言い切った。

三

「桂さんの言うことなら間違いねえ、信じるよ。まあ、阿片だ、中毒だってえ話だって、俺も居留地についてってキングドンに脅されてなきゃ、ぴんときちゃあいなかったと思うけどね。そうか、友田は阿片ってえ怖い毒を流してる大本を引っ括《くく》ろうとしてて、殺されちまったのか――」

　鋼次はいささかしんみりして、

「あいつときたら房楊枝を買うより酒だろ。いくら勧めても買わずに、とうとう根負けしてくれてやったこともあった。それでも、房楊枝での歯茎清めを怠るせいで、あいつの口も息も臭かった。とうとうあいつの口の臭いともおさらばなんだな」

　声を震わせた。

「それにしても、あんな友田でも慕ってた金五の奴は気落ちしてるだろう。大丈夫かな？」

　鋼次の呟《つぶや》きに、

「金五さんは友田様の弔い、供養をしたいと骸の引き取りを願い出るべく、奉行所へ向かいました」

　桂助が応えた時、

「おいらだよ、入るよ」

　金五が戸口を開ける音がして、

「大変、大変、尾行《つけ》てったら、あの骸二体を載せた大八車、奉行所には向かわずに、どこへ入って行ったと思う？　岸田《きしだ》って名のお屋敷」

はあはあと息を切らしながら言った。

「何っ？　上野にある岸田の屋敷か？」

一瞬、鋼次の目が鋭く窄《すぼ》まった。

「そうだよ。たいそう立派なお屋敷だった。大八車は骸検書を取りに来た役人と一緒に、すいすいっと裏門の方へ行った。誰のお屋敷かは門番に訊《き》いたから間違いない」

金五は悔しさに歯噛《はが》みしながら、ぽろぽろと大粒の涙を流した。

「俺はおまえらを気の毒には思わねえな。何だよ、話を聞いてりゃ、いくらお上のお役目でも隠し事ばかりしやがって。いいか、こいつはそもそもあの岸田まで絡んでやがる、どでかい謀《はかりごと》だったにちげえねえんだ。俺やこともあろうに謎解きの名人で、阿片にだってくわしい大先生の桂さんをさ、蚊帳《かや》の外にしてたのが間違いさ。友田がおっ死《ち》んじまったのも、罰だよ、罰、罰が当たったんだ。もう一度言う、俺は友田なんか死んでも悲しくない、自業自得、悲しみなんてあるもんか、あの死に急ぎの馬鹿が――、金五、おまえだって友田みてえになってたかしれねえんだぞ」

鋼次は大声を張りつつ、目を瞬《しばた》かせていた。

「鋼さんはあの岸田様が阿片密売に絡んでいると思っているのですか？」

桂助は訊かずにはいられなかった。

「当たりめえよ、あいつはもともと動きの読めねえ、桂さんの近くをちょろちょろしてんのが目障りな胡散臭《うさんくさ》い奴だった」

鋼次の舌鋒《ぜっぽう》は手厳しかった。

「でも、もうあの方は公方《くぼう》様の御側用人《おそばようにん》ではなく、隠居の身ですよ」

「何代か前の妾《めかけ》が数え切れねえほどいた公方様は、大御所になっても、政《まつりごと》に口出ししてたって話じゃないか。岸田の奴が悪事の大御所になっててもおかしかねえよ」

これには、

「ご隠居さんの方が暇があるから、悪い企《たくら》みにも精を出せるっていう考え方もあるしね」

金五が尻馬に乗った。

「わかりました。ここはひとまず、岸田様が黒幕かもしれないという懸念は残しておきます。でも、まだこれは確たるものではありません。確かなのは、岸田様のところへわたしの名がある骸検書と骸が運ばれたことだけです」

桂助が話を整理した。

「奉行所では先生のあの本当の骸検書じゃない、二人は相対死だっていうことで仕舞いにされるんだよね。阿片の阿の字も出さないで――」

金五は唇を噛みしめて、

「そりゃあ、お上が阿片の持ち込みを禁止してる以上、この市中に阿片絡みの事件、とりわけ相対死騙《かた》りなんてあっちゃ、格好がつかないのはわかるけど――。このままじゃ、友田の旦那もあの誰だかわかんない女の人も浮かばれないよ。あ、そうだ」

桂助から戻された黒文字の房楊枝を取り出して鋼次に差し出した。

「これ、死んだあの女の人が肌身離さず身につけていたもんなんだけど」

瀟洒《しょうしゃ》と言っていいその房楊枝からは黒文字の奥深い芳香が馥郁《ふくいく》と漂ってきた。

「へーえ」

思わず見惚《みと》れた鋼次は、

「こんな贅沢なもん、注文する奴はそうは多くないから仲間に訊けば誰かわかるかもしれねえから、こいつ、ちょいと貸しといてくんな。志保さん似の女の身元の手掛かりになるかもしれねえからな」

香り続けている房楊枝を懐に納めた。

「鋼さん、ありがとう、よろしく頼みます」

この後、三人は蒸かし上がったばかりの唐芋のしっとりと甘い旨味《うまみ》を共に分かち合った。

「ずっと前に志保さんが言い出して、焼き芋と蒸かし芋はどっちが美味《うま》いか、食べ比べをしたことがあったよね」

夢中で食べていた金五がふと呟き、

――生きているかどうかもわからねえ志保さんの話はとかく桂さんの気持ちを沈ませる――

「今はそんな話――」

鋼次が止めたが、

「いいのですよ。実はわたしも思い出していました。はじめは志保さん、薬草園の落ち葉の中で焼いてて、味が今一つだということになると、あつあつの石が焼き芋を美《お》味《い》しくするのだと言い出して、木戸番小屋まで唐芋を背負って走って行きました。確かに木戸番小屋の石焼き芋は、蒸かし芋ほどしっとりはしていなかったのですが、ほくほく感が大当たりの甘い栗《くり》の味に似てました。そこで志保さんは、一番は石焼き芋で次が蒸かし芋、残念ながら手軽な落ち葉焼きは、甘味はもとより、しっとりとした感じもほくほく感も劣るとの順番をつけてました。食べ物にあれほど凝ってくれるのは有り難かったし、何より本当に楽しかったです」

桂助は志保の思い出を話し続けた後、

「わたしは今、志保さんに励まされているような気がするのです。この大きな問題を片付けて乗り越えさえすれば、必ず、志保さんに会える、そんな気がしているのです」

二人に笑顔を向けた。

――必ず会えるってえのはあの世でもかまわねえってことだろ。こりゃあ、腰が据わった本物の覚悟だよ、俺たちも見倣わねえとな――

――おいらも冥途で友田の旦那に喜んで貰《もら》えるようにしないと――

鋼次と金五は互いに目と目を見合わせて心を通わせた。

「それじゃ、そろそろ陽《ひ》が落ちてきたから、同業の奴らのとこへ、俺はひとっ走り行って訊いてくる」

鋼次は腰を上げて出て行ったが、ほどなくこれほどだったことはないと思われるほど、顔色を変えて戻ってきた。

「兄貴っ」

「鋼さんっ」

二人が駆け寄ると、

「岸田の奴、とうとう本性を剥き出しやがった。奴はここの様子を窺《うかが》ってたようで、

〝弟よ、らしくない匂いがするぞ〟って言い、〝黒文字の房楊枝を出せ〟と脅してきた。年齢《とし》をとったとはいえ凄《すご》みのある面構えだった。歯の根ががくがくしてきてすっかり気後れしちまった。正直、可愛《かわい》い女房子供の顔もよぎった。身体が動かなくなって、うんともすんとも応えられねえでいると、いきなり俺の懐に手を突っ込んで黒文字の房楊枝を取っていったんだ。こんなことなら、道場通いでもして腕を磨いとくんだったぜ。そうしとけばむざむざ取られて、こんな情けない思いをすることもなかったろ？」

鋼次はしきりに悔しがった。

四

「やっぱり、岸田は悪い奴だったんだね」

金五は憤りを洩らした。

「上様の御側用人だったんだから偉《えれ》えは偉えんだが、裏で何やってんだか、わかんねえ奴だよ。俺は前から信じちゃいねえが、ここまでやるとはな――」

もちろん鋼次も憤懣《ふんまん》やるかたなかった。

「阿片絡みなんだよ、きっと」

金五の呟きに、

「まあ、たぶん、そうだろうな」

鋼次の顔は神妙になった。

――岸田様ともあろうお方がなにゆえそのような手荒なことを？　わからない――

桂助が少々混乱していると、

「岸田の屋敷へ入ったお役人は先生が書いた嘘のない骸検書を差し出したはずだ。あれには黒文字の房楊枝のことも書いてあった。岸田って人はそれがほしくてここへ来たんだと思う。それで兄貴は脅された。あの黒文字の房楊枝、あの女の身元を示す確かな証なんじゃゃない？」

金五が整理した。

「それじゃ、俺たちはせっかくの手掛かりを取られちまったわけだな」

唇を噛んだ鋼次はまた悔しがった。

「骸が教えてくれた手掛かりを踏まえて、今までにわかったことを順に書いてみましょうか」

桂助は筆を墨に浸して以下のように経緯を記した。

・居留地の横浜でのエゲレス商人キングドンによる多量の阿片密売。キングドンは亡くなり、隠し持っていた阿片は無害に。ただし旅籠《はたご》に取り引き相手と思われる、用心棒を含むごろつきの集まりあり。キングドン以外にも密売人はいる？　キングドンの屋敷の温室に唐子咲き椿。

・相対死騙りの骸の死の因はおそらく阿片。水茶屋、浮世絵つばきの引き札が南町奉行所定町廻り同心、友田達之助の口中から見つかる。描かれていたのは唐子咲き椿。かつてこの手の絵には牡丹でも、椿でもなく、ケシの花が使われていた。

・身元不明の女の着物から縫い付けられていた極上の黒文字の房楊枝見つかる。元御側用人岸田正二郎《しょうじろう》に奪われる。

「岸田って人は、どうして浮世絵つばきの引き札はほしがらなかったのかな」

金五は頭をかしげたが、

「あいつのことだ、何を企んでるかなんてわかんねえんだよ、いつも」

鋼次は叩きつけるような物言いをした。

――岸田様は浮世絵つばきの絡繰《からく》りを全てご存じなのではないか？　そして、きっと四季楽亭が預かっていた女は相当の身分のお方だ。だとすると、岸田様はあの女の身元を示す黒文字の房楊枝をわたしたちから奪って、お上の威信を守るふりをしつつ、阿片密売に関わっておいでなのかもしれない――

桂助の胸に岸田への黒い疑惑が広がった。

――これは急がなければ先を越されてしまうかも――

「これから友田様の役宅へ行きましょう。さらなる手掛かりが見つかるかもしれません」

桂助は立ち上がると身支度を始めた。

三人はすっかり夜の帳《とばり》に包まれている友田の役宅の前に立った。

寒くはあったが、幸い月が出ていたので、途中灯《あか》りを点《とも》さずに済んだ。

――とはいえ、こちらの勝手がよければ相手も同様なのだから――

桂助は緊張の極みにあったが、二人にそれを悟られまいとしていた。

――もし、先回りされていたら――、出くわしでもしたら――

「勝手口から入ろう」

鋼次が勝手口で手燭《てしょく》を点した。

「お願いします」

桂助は案内を金五に頼んだ。

三人は忍び足で近づく。

「友田の旦那ときたら、一部屋でしか暮らしてなかったからね。だから、そこ以外はどこもかしこも埃《ほこり》だらけのはずだよ」

金五の言葉に桂助は喉の辺りがむず痒《がゆ》くなってきて咳《せき》が出た。

金五が部屋の障子を開けた。

にゃーお。

突然猫と思われる丸い塊が飛び出して逃げた。

鋼次の手燭が乱雑というよりも、塵芥《ごみ》箱のようにしか見えない六畳間を照らし出した。友田の口の臭いに似て非なる悪臭で、桂助は鼻が曲がるどころか、息ができなくなりそうだった。

「やっぱなあ、友田らしい住み処《か》だよな」

驚いたことに友田は位牌《いはい》の並ぶ仏壇の前で寝起きしていたようで、供物は数尾の目刺しであり、干されたことのない布団やつくねた汚れ物等と混ざって、類のない悪臭を醸し出していた。

「さっきの猫のためだよ、旦那は飼ってるって思ってなかったけど、毎日、ああやって置いとけばそういうことになるよね。寂しかったんだと思う」

金五は胸が詰まった。

「調べましょう」

臭いに慣れていない鋼次と桂助は手拭いで口と鼻を被いつつ六畳間を仔細に見ていった。

この調べは夜が明けるまで続けられた。

「気になったものは持ち帰った方がいいよね。そうそう、旦那もそうやってて、役に立つ物が見つかったことがあったっけ」

金五が人数分の唐草模様の風呂敷を見つけてきてくれた。ただし、これにも悪臭はしっかりと染み付いている。

〈いしゃ・は・くち〉の近くまで来て、

「納豆、納豆、なっ、とおお、なっと、なっと、なっとおお」

馴染《なじ》みの納豆売りに出会ったが、

「まあ、今日の朝餉《あさげ》にはよしときましょう」

桂助は納豆、目刺し等の臭いの強いものは避けて、炊きたての飯に煎《い》り酒を垂らした卵を混ぜて食べる、卵かけ飯を二人と共にたっぷりと食べた。

この後、桂助は本日休診の札を出して、三人で持ち帰ったものについて順番に説明と検討を始めた。

「おいらが気になったのはこれ」

金五はぽつぽつと赤い点が無数に描かれていて、真っ赤に染まって見える市中の地図を取り出した。そう大きくない地図に市中がおさめられているので、ほとんどの文字が小さい。

「点と点とが重なっていて見にくいです。待ってください」

桂助は天眼眼鏡《てんがんめがね》を取り出してかけた。丁寧に見ていく。

「知られた稲荷《いなり》や神社に赤い点がついています」

「それじゃ、そこが阿片を吸わせる大本なんじゃないか？　引き札は〝水茶屋　浮世絵つばき〟なんだからさ」

鋼次はいとも簡単に言ってのけたが、

「たしかに。でも、いくら何でも、稲荷や神社の境内に人を集めて、御禁制の阿片吸いはできないでしょう？　水茶屋とあるのはきっと引き札らしく見せるためでしょうが――」

桂助はうーむと唸《うな》った。

「おいらにも見せて」

天眼眼鏡は桂助から金五に渡った。しばらくして、

「わかったよっ」

金五は天眼眼鏡を外さないままで、

「この稲荷や神社には、必ず椿がある。おいら、市中をいつもお役目で廻ってるからわかる。それに一度見たもんは決して忘れない」

自信のほどを示した。

「その椿は唐子咲きかい？」

鋼次は拘《こだわ》った。

「ううん、一重のと半分半分ぐらい」

「この引き札の椿は牡丹によく似た唐子咲きだよ」

鋼次は頭を傾げた。

「でも椿は椿でしょう？　わたしは一重だの、唐子咲きだのの違いに意味はないので

はないかと思います。とにかく近くの稲荷や神社に椿があればいい。花など咲いていなくても椿が目印だと伝わればよいのです。要は立ち直りかけている中毒患者を〝水茶屋　浮世絵つばき〟の引き札で誘って、阿片売りと落ち合う場所が椿のある稲荷、神社だったわけですね」

桂助の指摘に、

「考えたもんだよな」

鋼次は金五から天眼眼鏡を奪い取ってかけると、

「椿のある稲荷、神社なら、市中にさえ住んでいれば、たいてい誰の家の近くにもある。そこを阿片誘いや渡しの落ち合い場所にするなんざ、たいした悪知恵だ」

ぎりぎりと歯噛みした。

「ところで、おいら、友田の旦那はこれらをいちいち歩いて調べてたとは思えないんだ。凄《すご》い数だしね。おいらだって覚えてただけで、調べようとして調べたわけじゃない。ってことは、旦那はこの地図をどっかから――、それで――」

金五はまた声を詰まらせた。

「悪いが湿っぽい話にあと、あと。友田の弔い合戦が済んでからだぜ」

鋼次が話を先に進めた。

「それでは次はわたしが。まずはこれを見てください」

桂助は友田の字で書かれている紙を二人の前に置いた。

友田の意外にも几帳面《きちょうめん》な字が以下のように連ねられていた。

五

紅屋
白粉《おしろい》屋
古着屋
呉服屋
米屋
塩屋
海苔《のり》屋
酒屋
醤油《しょうゆ》屋
砂糖屋

青物問屋
海産物問屋
雑穀問屋
番茶屋
菓子屋
薬種屋
瀬戸物問屋
畳屋
木地問屋
塗り物問屋
唐物屋
油屋
旅籠
船宿
質屋
両替屋

「まるで江戸の買い物案内の切れ端みてえだな。友田が見廻ってた市中の店かい？　それにしても、市中でそこそこ広く固く商いをやってる大店《おおだな》ばかりだ。俺んとこで作ってる房楊枝も、美鈴のおとっつぁんの芳田屋《よしだや》さんが取り持ってくれて、半分は木地問屋杉兵衛《すぎべえ》に納めてる。納めの値は神社売りや注文売りより安いが必ず買ってくれるのは有り難《がて》え。とはいえ、しがない房楊枝屋や、時季に合わせて雛《ひな》人形、盆や正月の飾り物を売る季節寄せなんかは、入ってねえんだな。やっぱり、どうにも好きになれなかった友田の奴は、定町廻りにたっぷり袖の下を渡す、実入りのいい店ばかり見廻ってたんだ」

鋼次の呟きに、

「友田の旦那はそんな男《ひと》じゃないよ」

金五は強い口調になって、

「おいら、これ見てるうちにここんところがむずむずしてきた」

自分の頭をこんこんと叩いて、

「よし、わかった」

うんうんと何度も頷くと、

「先生、おいらにその筆、貸してください」
桂助から受け取った筆で一気に紙の余白に以下を付け加えた。

紅屋　佐助
白粉屋　源蔵
古着屋　与兵衛
呉服屋　仁左衛門
米屋　剛右衛門
塩屋　九兵衛
海苔屋　大助
酒屋　嘉平
醬油屋　宇吉
砂糖屋　喜三郎
青物問屋　義助
海産物問屋　吉左衛門
雑穀問屋　巳之吉

番茶屋　辰次
菓子屋　与助
薬種屋　直二郎
瀬戸物問屋　和吉
畳屋　安治
木地問屋　卯之助
塗り物問屋　佐吉
唐物屋　勘兵衛
油屋　太蔵
旅籠　二助
船宿　亥太郎
質屋　善三
両替屋　清右衛門

「書き添えたこれらは、全部、代々受け継がれてきてる主の名だよ。そして、ここの店の主当人か、お内儀、若旦那、娘が阿片に取り憑《つ》かれてる。これは阿片中毒を出している店の全てなんだ。中毒になってる人たちに気を取られてて、気がつかなかったけど、随分さっぱりとした屋号だな」

説明してくれた金五はへえという意外でならない顔になった。

語尾に〝屋〟を付す商人の屋号は歌舞伎役者とやや異なり、暖簾《のれん》や看板として商いの信用の元であった。

この〝屋〟には加賀《かが》屋、越後《えちご》屋、紀伊国《きのくに》屋等の生まれ故郷が用いられたり、鍛治《かじ》屋、紺《こう》屋、油屋、竹屋等の生業《なりわい》に由来するもの、神戸屋、鈴乃屋、岡田屋等創業者一族の姓や名を付けたもの、松屋、旭屋、井筒屋、鶴屋等家紋や店の象徴を使ったもの、松《まつ》坂《ざか》屋、高島《たかしま》屋、長崎屋等地名にちなんだもの、大黒《だいこく》屋、朝日屋、白木《しらき》屋、福砂《ふくさ》屋等、神仏名を掲げたもの等があった。

「阿片中毒が出た店に通じているのは、どこも生業が屋号になっていることですね」

桂助は生業の下にある、味も素っ気もない主の名をじっと見つめた。

「それにしてもこれだけ、どうってことのねえ屋号と主の名が並べられちまうとちょいと変だぜ。商いってえのは同業の間で助け合うこともあるけど、たいていは競い合いだ。屋号は大事な旗印のはずなのにな――」

鋼次の言葉に、

「市中に生業を屋号にしててそこそこ流行《はや》ってる店はもっともっと沢山ある。だから、これって、たまたまなのかな？」

金五は桂助の方を見た。

「偶然かどうか見極める方法を思いつきました。それでは金五さん、鋼さん、生業を屋号にしてる店の主の名を一つ、二つ思い出してください」

桂助は二人に問い掛けた。

「木地問屋杉兵衛はさっき言ったよな。あと菓子屋甘太郎、ここは餡《あん》を使った饅頭《まんじゅう》なんかが人気で、女房の美鈴が夢中だ。そろそろ娘のお佳も、この店の前を通り過ぎようとすると欲しがって泣くようになった」

鋼次は思いつくままを口にした。

「おいらは旅籠旅灯りと船宿さかな屋。旅籠旅灯りは宿の風呂や布団に贅を凝らしてて、船宿さかな屋は魚屋と肴《さかな》屋を掛けてて、美味い料理を食べさせるんで定評があるんだ」

金五はどれを選んだものかと、鼻の上に皺《しわ》を寄せて考えた末に告げた。

「たしかにどんな商いが売りなのかと伝えることは大事ですし、特に旅籠や船宿は木地問屋や菓子屋ほど、売り物がはっきりしていないので尚更《なおさら》でしょう。ところで、旅籠二助《にすけ》、船宿亥太郎《いたろう》の主は男なのでしょうか？」

「違うよ、どっちも女将《おかみ》さん。長く商いを続けてるから、二助や亥太郎は初代の主の名なんだと思う。きっとこの商いで大成功した御先祖様なんだろうね」

「客足はどうなのでしょう？」

「派手さはないけど、贔屓《ひいき》の客はついてる。上がりもそうは悪くないはずだよ。だって、商いは女将さんに任せっぱなしの亭主や息子が阿片で楽しめてるんだから——」

「なるほど。そういう様子ですと、これはたまたま、そこそこの店に目をつけただけのことだという気もしてくるのですが、もっと名が知られていて、儲《もう》かっている同業もあるはずでしょう？　どうして、そっちに手を伸ばさなかったのかと正直不思議です。話を少し変えます。ところでここに上がっている店はどこも老舗《しにせ》ですか？」

「まあ、まあ、入ると思うよ」

金五は神妙に応え、

「阿片の誘いが老舗に限って行われているとすると、偶然ではない気もしてきました。釈然としません」

桂助は頭を傾げた。

「そろそろ俺の番でいいかな？」

鋼次が切りだした。

「見つけたのは二枚。一枚は庭みてえなもんを写したもの、もう一枚はなあ、頭がこんがらがって、よくわかんなくなっちまうんで、後にするぜ」

鋼次はため息混じりに、庭木や池、東屋、茶店等の場所が綿密に描かれた一枚をまず広げた。

――これはもしかして――

桂助は何日か前の雪の翌朝の自分の行いを思い出していた。

金五はじっとその一枚に目を凝らしていたが、

「これは先生、先生が訪ねてたっていう四季楽亭だよ。友田の旦那も行ってたんだね。旦那、案外絵心はあったんだよ。でも、これが何だというんだろ？　ただ絵心のおもむくままに描き残しただけ？　それでも、旦那の絵、今となっちゃ、切ないなあ。どうしてあんないい旦那が死んじまったんだろ、ああ、もう神様も仏様もないよ」

感極まって声が掠れはじめた。

「馬鹿、これは絵心なんかじゃあねえ。そんなことあるもんか」

鋼次は一喝して、

「いいか、そんなに友田の絵心がなつかしいなら見せてやるぞ」

束になっていた何枚もの野良猫の絵を、金五に向かって投げつけた。野良猫の絵姿がぱらぱらと金五の周囲に飛んだ。

「この絵図がどういう意味を持つのかはまだわかりません。だからこそ、わたしは今から四季楽亭に行きます。わたしたちがこうして思いあぐねている間にも、着々と悪事の目論《もくろ》みが企てられようとしている、そう思われてならないからです。今度ばかりは四季楽亭のご主人も、黒文字の房楊枝を持っていた女について話してくれるかもしれません」

桂助は素早く身支度をして戸口へ向かった。

外はすでに夜の闇に包まれていたが、有り難いことに寒さで溶けきらない雪の白さが、月明かりで照らし出されていた。

二人も急ぎ足で桂助の後を付いていく。

「兄貴、さっきはすまなかった、許してくれよ。友田の旦那の弔い合戦が先だった――、おいらときたら、すぐ悲しくなっちまって」

金五は頭《こうべ》を垂れて、

「俺だって、おまえがなついてる友田が死んじまって、残念でなんねえんだからな」

今度は鋼次の声が詰まった。

六

「表からではちょっとな」

「たしかにそうですね」

三人は四季楽亭の表を通り過ぎると裏へと廻った。

真冬でも常緑を保つ忍冬《すいかずら》の生け垣が長々と続いている。その生け垣から裏門に続く角を曲がったとたん、裏門を出てこちらへと駆けてくる人影があった。

人影は覆面をした二人の侍であった。

「こいつはいけねえ」

叫んだ鋼次は立ち止まってしまい、金五も釣られた。

「逃げるのです」

桂助は左側にある竹林に向かって走り出した。

——前に訪れた時、帰りは近道をして竹林を抜けて帰ってよかった——

鋼次と金五も走った。

その後を侍二人が追ってくる。

じりじりと三人との間は狭まってきた。

——おいら一人なら、引き離して走って逃げられるけど、えいっ、ここは先生や兄貴と一蓮托生《いちれんたくしょう》だっ——

金五は時々後ろを振り返って相手の二人を睨《にら》んだ。

竹林に入るとあろうことか、桂助は歩き出した。

「わたしの後にぴったりと付いてきてください。前を歩いては駄目です。決して走らず、離れないように」

桂助はひときわ大きな椚《くぬぎ》の大木の前で足を止めた。

「ここで待ちましょう」

桂助の言葉に、

「待つったってよぉ——」

「つかまっちゃうよ」

二人は不審そうではあったが桂助に倣って、大木の前に横並びになった。

「桂さん、こっちは丸腰なんだよ」

「あっという間に斬られて膾《なます》になっちゃうよ」

さらに二人は呟き続けたが、ただただ桂助は、

「このまま、このまま、一歩も動いてはなりません」

厳しい口調で制していた。

侍たちが竹林に踏み入ってきた。桂助たちを見つけると、

「ここだぞ」

刀を抜き放ってまっしぐらに進んできた。

侍たちとの間が二間（三・六メートル）ほどに迫った。

竹林に降り積もっている雪はまだほとんど溶けていない。そのせいで、辺りはぼうっと明るく、侍たちの殺気に満ちた眼《め》が見てとれた。

背の高い痩せた方は獰猛《どうもう》な猛禽《もうきん》類を想わせる鋭い眼で、もう一方の中肉中背は酒で赤く濁った凄みのある眼をしていた。

「桂さん」

「先生」

二人は怯《おび》えた声音になった。

「大丈夫です。ですから、どうか動かないで」

桂助は努めて平静な物言いをした。

「見つけたぞ」

「震えているな」

「観念しているようだ、いい心がけだ」

「心配するな。今、三人まとめて冥途に送ってやる」

侍二人が手にしている刀を構え、桂助たちに突進しようと踏み出した、その時であった。

「うわーっ」

「何だ、これは」

「地震かあ」

「足元が足が——」

侍たちが踏みしめている雪の降り積もった地面が見事に崩れて、もうもうと雪煙が上がった。

「お、落ちる」

「た、助けてくれえ」

あっという間に侍たちは崩れた雪や土と共に大きく空いた穴へと落ちていった。

「桂さん、これって——」

鋼次は目を白黒させている。

「おいら、はじめて見るけど、でっかい獣用の罠《わな》だと思う」

金五は洩らした。

「そうです。ここは竹林ですので竹の根やとりわけ筍《たけのこ》の好きな猪《いのしし》を生け捕るために仕掛けられているのです。仕掛けの目印は後ろにあるこの椚の大木だったはずです。この間、ここへ来た時、跳ね上がった狐《きつね》が雪の中へ落ちるのを偶然見ました。狐が雪の中でよくやる餌を獲るやり方です。眠っている小さな鼠《ねずみ》などを仕留める本能によるものなのですが、この時、狐は二度と姿を現しませんでした。それでここには大きくそこそこ深い穴の罠があるのだとわかったのです。狐はそこに嵌《は》まってしまったのです。それが、まさかこんな形で功を奏するとは思ってもみませんでした」

桂助は額の冷や汗を握りしめていた拳で拭った。

「ここはこのままにして急ぎましょう」

桂助たちは竹林を出ると四季楽亭の裏門から入った。

雪の上に二人分の草履の跡があった。裏門から主の宇兵衛《うへえ》の家に続いていて、そこから裏門へと帰っている。

家の前には表門から続いてきたやはり二人分の草履があった。

――主に来客があったのだ――

三人は履物を脱いで中へ上がった。

濃い血の匂いがする。

「おいら、あそこだと思う」

慣れている金五が客間に立った。桂助が案内された場所とは異なる、奥まったところで、障子が開けられた。

——ああ、やはり遅かったか——

二人の身形《みなり》のいい男たちが斬られて血を流して倒れていた。一方は恰幅《かっぷく》こそよかったが老爺《ろうや》と言っていい年頃で、もう一人は若かった。

桂助は二人の首筋に指を当てて首を横に振った。二人とも死んでいる。

「岸田だな、岸田の仕業だ」

鋼次は決めつけた。

——まさか——

否定しつつも、桂助はどっと心にさらなる重荷を背負ったような気がした。

——岸田様が阿片商いと関わっているのだとしたら、ありえないことなど何一つない——

「桂さん、この男、俺たち、見たことあるような気がするんだけどな」

鋼次は老爺の顔に見入っている。桂助も相手をしげしげと見た。

「もしや」

「もしや」

桂助と鋼次は同時にこの言葉を口にした。

「岸田様のところで万年青《おもと》を見せていただいた時の――」

「植木屋の爺《じい》さんだよ。けど、どうしてあの爺さんがここで殺されてなきゃなんねえんだよ」

鋼次は首を捻《ひね》った。

「この男ならおいら、知ってるよ」

金五は若い男を凝視していた。

「友田の旦那が中毒患者の一人からやっと聞き出して、矢場まで会いに行った時、おいら、心配だから尾行《つけ》てって、こっそり様子見てたから、間違いない。そいつは毎日ぶらぶら暮らしてて、日に一度は矢場に出向いてるようだった。生きてても、骸になっても柔な男だよ」

矢場は表向きは楊弓《ようきゅう》遊びの一種ではあったが、その実は好きに飲み食いしつつ、遊びの世話をする女たちと昼間から楽しむ場所であった。開放的なのを逆手に取って、ここを後ろ暗い企《たくら》みのつなぎの場所とする者たちも居た。

「たしか、そいつ、ばら亭棘三《とげぞう》って名乗ってた。どうせ、ほんとの名じゃないよね。あれっ、この男、何か握りしめてる」

金五はばら亭の片掌《かたて》がぎゅっと握りしめていたものを取り上げた。それはくしゃくしゃに丸められた紙で、桂助が友田の口中から取り出したものによく似ていた。

伸ばして広げると一瞬、〝水茶屋　浮世絵つばき〟の文字が躍っていて、唐子咲き椿が添えられていた美人画の引き札をもう一枚見たような気がした。

しかし、よく見ると描かれている花は似てはいるが牡丹でも、唐子咲き椿のどちらでもなかった。しかも字はどこにも書かれておらず、引き札の役目も果たしていなかった。

「そいつは俺が友田んとこで見つけて、見せようとしてた紙と同じじゃねえかと思う」

鋼次は胸元にしまっていた折り畳んだ紙を取り出して、伸ばして広げられた紙の隣りに置いた。

「同じだよ」

金五は頷いた。

「このばら亭棘三さん、バラが咲く庭の持ち主かもしれません」

桂助は志保から聞いてバラを知っていた。

正確にはコウシンバラと称されるこのバラは、棘がないため扱いやすいモッコウバラとは異なるが、白、黄色がかった白の色味しかないモッコウバラに比べて、牡丹や椿同様、真紅、濃桃色等の艶《あで》やかな色が楽しめる。

六十日毎《ごと》に咲く四季咲きもあることから六十日毎にくる干支《えと》の組み合わせの庚申《こうしん》の名が付けられていた。

八重咲きの見かけは牡丹や唐子咲きの椿に引けを取らないほど華麗である上、えもいわれぬ香りの良さが特長である。

将軍家の温室では、ハイビスカス等の珍しい花々の他に、色とりどりのコウシンバラを品種改良させて咲かせていた。

その恐れ多さと、香りの良さゆえに虫がつきやすいことや、指に突き刺したら如何《いか》にも痛そうな茎の鋭い棘も、尻込みさせる一因となり、コウシンバラの栽培はあまり行われてこなかった。

「おいら、そんな庭の持ち主知らねえよ。でも、谷中《やなか》の団子坂《だんござか》の植木屋がコウシンバラの苗木を欲しがってたっけ。奥深さが持ち味の香木の類とはまた違う、誰が嗅いでも、ぱーっと華やぎを感じるいい香りだから、絶対流行《はや》らせられるって、香りの違いを競えばカラタチバナみたいに、一攫千金も夢じゃないって――。だから、どこかに幻のバラ庭があるかもしれないね、あったらいいな。そしたら友田の旦那の墓前に手向けられるし。ああ、でも骸は岸田邸に運ばれたんだった――」

　金五の心が揺れ動いてまた落ち込むと、

「今は幻じゃあ困るんだよ。本物がちゃんとないと、バラって花に囲まれての阿片のお楽しみはできねえだろうから。阿片が初めての奴に蓮《はす》の花じゃぁねえ、バラって花の趣向の変わった極楽を見せてやるなんぞ、てえした芝居心だ。こうなりゃ、何としてもそこを見つける手掛かりが要る、そうだろ、桂さん」

　苦笑した鋼次は桂助に相槌《あいづち》をもとめた。

七

　桂助はそれにには応えず、

「どうして、阿片に染まっていない初めての人たちが、届けられてきたコウシンバラの絵に心を動かされたのか、手引きをしていたというばら亭棘三と会うことができたのか、わたしにはよくわからないのです」

友田の執念でもある、唐子咲き椿が描かれていた引き札を、片袖から出して、先の二枚の隣りに置いた。

「そもそもこの椿とバラの違いがわかりますか？」

桂助は二人に訊いた。

「さんざん聞かされてきたからね、今はわかるさ。けど、ひょいと見せられたら、どっちも赤い花だろ、それに同じ八重咲きだし。草木にくわしくねえ俺にはどれも同じようにしかみえねえ」

鋼次は困惑気味に応え、

「ほんとはおいらもなんだ。初めて見せられて言い当てたりなんて出来ない」

金五は真顔で相鎚を打った。

「金五さんは先ほど植木職人さんがコウシンバラを知っていたと言いましたね」

桂助の念押しに、

「ん、何せ植木屋なんだもの、草木にくわしくて当たり前だよ」

金五はさらりと応えた。

「けど、こいつで誘われて阿片地獄に踏み込んだのは植木屋じゃあねえ、そこそこ流行ってる市中の店の主一家だぜ」

「そこなのですよ。そのあたりがどうしてもわからないのです」

桂助はふうとため息をついて頬杖《ほおづえ》をつくと、見知らぬ若い男、ばら亭棘三の死に顔に目を向けた。

「人は生きている間の顔よりも、死んでからの顔の方が人となりを示すだけではなく、親に似たところが見えてくるのだと聞いたことがあります。このお二人は顎が割れています。顎割れは血縁で受け継がれるものなのです。これはもしかして――」

桂助が先を続けかけた時、音を立てて障子が開けられた。

「そうだ、この男は松助《まつすけ》の倅《せがれ》、梅太郎《うめたろう》なのだ」

岸田が供の侍四人を従えて廊下に立っている。髷《まげ》に白髪は出ていても、飛び抜けた目力があり、腰と背中はぴんと伸びて、まさに長身痩軀の威風堂々の姿であった。

「やっぱりな」

鋼次の舌打ちに、

「兄貴の言ってたこと本当なんだ」

金五は応えて目を伏せた。

「口中医桂助と弟二人を迎えに来た」

岸田は鋭い目で三人を見据えた。

「どこへ行くのです？」

桂助は負けじとばかりに声を張った。

――阿片密売について知りすぎたわたしたちはこのまま殺される？　たとえ岸田様が黒幕であったとしても、この二人だけは命にかえても守らなければ――

「言わずと知れたそちと年嵩《としかさ》の弟には馴染みのある我が屋敷よ」

岸田の目がふっと笑った。

「岸田様、あなたを信じたいです」

桂助が万感の想《おも》いを口にすると、

「さっきは、よくもおいらの大事な兄貴を脅してくれたな。友田の旦那を殺《や》ったのもあんたなんだろう？」

金五は精一杯肩と目を怒らし、

「殺るんなら、くどくど言わないでここですぐにやってくれ」

鋼次の視線は岸田をまっすぐに射た。

「ほーお」

岸田の目がまた笑って、

「どうあっても、わしに殺されたいと見えるな。しかし、ここでの弁明はもう時がない。ここに居ては危ないのだ」

桂助の方を見た。

「藤屋、そちの父長右衛門《ちょうえもん》も外で待っているのだぞ」

――ええっ？　どうして、おとっつぁんが――

「とにかく外へ急げ」

岸田が踵《きびす》を返して廊下を走った。

供の者たちが続けと桂助たちに顎をしゃくった。

父が待っているという岸田の言葉に釣られて桂助は走った。鋼次と金五も付いてきた。岸田と三人、そして供の者たち全員が外の庭に出た。

「その家から離れろ、走れ」

岸田が大声を上げた。

「おとっつぁん」

長右衛門の姿が門の外にあった。桂助は自分を待っている長右衛門のところへと走った。

緊張の面持ちでいた藤屋長右衛門は、寄る年波でやや丸くなった肩を桂助に抱かれ

て、

「よく無事で」

ほっと安堵《あんど》のため息を洩らしつつ目をしきりに瞬いた。

その直後であった。

どっかーんという爆音が鳴り響き、

「伏せろぉっ」

岸田の声も轟《とどろ》いた。

桂助は長右衛門を抱え、鋼次と金五は共に、岸田と家臣たちは各々、その場から蝗虫《ばった》のように跳んで伏せた。

その誰もが赤い光が背後に迫ったかのように感じた。後にしてきた家の屋根が飛び、めらめらと勢いづいた炎が空に向かって燃え上がった。

「屋敷へ急げ」

岸田の掛け声で桂助たちは四季楽亭を離れた。近くには岸田家の乗物二挺《ちょう》が待ち受けていて、岸田と長右衛門はこの乗物に担がれた。

桂助たちは後ろからついてくる岸田の家臣たちと一緒に夜道を歩き通した。

屋敷に着くと桂助たちは奥座敷へと案内された。

すでに岸田と長右衛門は上座に座っている。

——岸田様とおとっつぁんが並んでいる——

桂助は奇異に感じた。本来、元側用人の岸田と大店の主とはいえ商人の長右衛門とは身分の上下があり、並ぶことなどありえないはずだったからである。

桂助たちはこの二人に向かい合うようにして横一列に座った。三人の警戒心と緊張感はまだ解かれていない。

握り飯とほうじ茶の簡素な膳が運ばれてきた。

「まあ、この夜食で一息おつきなされ」

長右衛門が握り飯を勧めた。

「腹が空いていては我らとの戦《いくさ》はできぬぞ」

不穏な一言を洩らした岸田は、黙々と膳の上のものを胃の腑へと片付けていく。先ほどから鋼次と金五の腹の虫が鳴っている。

——おいらもう座ってもいられない、ここで伸びちまいそうだ——

金五に目で訴えられた鋼次は、

——馬鹿、みっともないぞ——

嫌というほど強く相手の太腿《ふともも》を抓《つね》った。

なかったからである。

「いただきましょう」

桂助は二人を促した。思えば八ツ時近くに蒸かし芋を食べて以後、何も口にしていなかったからである。

皆が食べ終えた頃、

「西陣屋《にしじんや》織左衛門《おりざえもん》様がお着きになりました」

岸田家の若党が報《しら》せに来て、

「これで揃《そろ》った」

ほうじ茶を啜《すす》りながら岸田は頷いた。

「わたしが出迎えましょう」

長右衛門が立ち上がった。

ほどなく、廊下から和気藹々《わきあいあい》と語り合う声が聞こえてきた。

「出されたばかりの松葉蘭《まつばらん》のご本を、頂きましてありがとうございました。実はわたしはカラタチバナの他に松葉蘭にも興味がございました」

長右衛門の声であった。

「いつだったか、あんたはんがそう言うて、わてと意気投合しましたよってな」

相手は上方訛《なま》りのせいか、やや高めの声の持ち主であった。

「羊歯《しだ》の仲間でただの風采の上がらないスギナに似た様子のものが、人の手であれほどさまざまに変化するのですから驚きです」

「たしかに万年青やカラタチバナは金のなる木、金生樹《きんせいじゅ》でおますが、松葉蘭だって負けてはおまへんで。ところで気になっていたあのお江戸の守り松はどないなりました？」

「それが——」

長右衛門は言葉に詰まった。

「そうですか、やっぱり案じたように枯れてしまいましたか」

しみじみと呟いた相手は声をくぐもらせた。

そして、障子が開けられて、

「お連れしました」

長右衛門に岸田と引き合わされた西陣屋織左衛門は、

「お役目、皆様ご苦労様でございます」

岸田だけではなく、桂助たちにも等しく頭を垂れると、一席空いていた上座の座布団の上にすとんと腰を落とした。

小柄で痩せ型の仙人のような風貌の西陣屋織左衛門は、年齢《とし》の頃こそ、長右衛門よりゅうに十歳は上のように見えたが、旅の疲れなど微塵《みじん》も見せない血色の良さであった。

たっぷりある白髪で結い上げた大きな町人髷が、銀糸の刺繍《ししゅう》で鶴を模した裾模様の銀鼠《ぎんねず》の羽織によく映えていて、洗練された上方の風を感じさせた。

八

岸田はにこりともしないで話し始めた。

「藤屋とその弟たちよ、わしが四季楽亭へ赴き、行き掛かり上、そちたちの話を立ち聞きしたのは、わざとではない。四季楽亭は吹き飛んで炎上した。礼を言ってくれとまではいわぬがそちたちの身を案じてのことだった。まずはこれだけは信じてほしい」

桂助と金五が頷いたのを見ても、

――俺は油断はしねえぞ、岸田が俺たちをこうして生かしてるのは、もっともっと俺たちに話を訊くためかもしれない――

鋼次は倣《なら》わなかった。

「短い間であれだけの調べをして、核心に迫りつつあるとわかった。感心したぞ。ただもうここからは動かぬがいい。命を大事にしてもらいたいからだ。その代わり、わしがそちたちの知りたい真相を話す」

岸田は意外に優しげな目で三人の顔を順に見た。

「それでは、どうして、阿片に染まっていない初めての者たちが、届けられてきたコウシンバラの絵に心を動かされたのか、そして手引きをしていたというばら亭棘三と会うことが出来たのか、お教え願いたいです」

桂助は疑問を繰り返した。

「コウシンバラは千代田《ちよだ》の城の温室だけにあって、愛《め》でるのは上様の特権のように思うは間違いだ。コウシンバラは花好きの間で密《ひそ》かに人気を伸ばしている。この花好きの中には今でこそ暖簾《のれん》を誇る商人だが、初代は植木職だったという奴らが多い」

「初代は植木職？　どういう意味です？」

桂助は岸田のいわんとしていることがわかりかねた。

「家康公が開府なさった頃この江戸にはまず、沢山の農民が集められた。当時は草木に通じている農民のほとんどが植木屋になった。江戸城や大名、旗本の屋敷には規模の違いこそあれ、庭という格式が必要だった。武家を支配者らしくしておくためには、常に調えられていなければ形がつかない庭は不可欠なのだった。だが手入れには人手も金もかかった。植木職たちの方は、一日にこなせる庭仕事の量が限られていたものの実入りは悪くはなかったはずだ」

そこで一度言葉を切った岸田は、

「武士というものは、戦場《いくさば》で手柄をあげることで禄《ろく》高を増やしてきた。泰平の世が続くのは結構なことだが、それでは禄を増やす機会はない。商いをしていないから禄以外に金は入ってこない。そのため、武家の暮らしは疲弊した。庭こそ武士の面目とわかってはいても、植木職の代わりに家臣が草を刈るなどするから、仕事が減って植木屋も次第に窮していった。庭を介して武士と植木屋は共に貧窮への道をたどった。ここで一つ各々に応えて貰おうか。家康公が開府なさった頃、江戸に商人《あきんど》はどれだけいたろうか？　おい、上の弟どうだ？」

まずは鋼次の顔に目を据えた。

「お江戸も開府の頃には何もねえ、原っぱみてえだったたって聞いてる。商いは古くから上方って決まってるから、上方とかの遣《や》り手の商人が我先にと一家で移ってきたんじゃねえのかい？　あ、遣り手で富裕な商人が、人より狐や狸《たぬき》の方が多かったたってえくれえの、暮らしがてえへんなとこにわざわざ来るわけねえか。だとすると上方で食い詰めたもんか、一旗揚げようってえ奴か、入墨者やごろつきも混じってたかもしれねえな」

鋼次は居留地でのことを思い出していた。

「それもあろうが、そやつらだけじゃ、足りはしなかったはずだ」

岸田の目は金五を凝視した。

「大権現様は鯛《たい》の天麩羅《てんぷら》が好きだったんだよね。美味い魚料理が食べたくて、摂津国《せっつのくに》(大坂)から漁師たちを呼び寄せたんだよね。どうして、摂津の漁師たちかっていうと、本能寺《ほんのうじ》の変の時、大権現様はこの人たちに助けられて逃げ延びた恩義があったんだって。それでこの人たちなら絶対裏切らないってことで、大権現様は移ってきさえすれば、江戸の海で魚を捕っていい、売っていい、年貢も負けてやる、そのうえ海の一部を埋め立てて住むところも造ってやったんだって。漁師は商人じゃないけど、ここまで一人勝ちで魚河岸《うおがし》を仕切ってりゃ、やっぱり商いをしっかりしてきたっておいらは思う」

金五は日頃思っていたことを口にした。

「なるほど、漁師も商人になっているとの指摘は面白い。感心した。家康公が漁師に与えた特権はまだある。春先の海を典雅に舞うかのような高価な白魚《しらうお》を、他の者たちには決して捕らせないというものもある。これは白魚の模様が徳川の葵《あおい》の紋に似ているからだという。家康公は何より忠義の心を大事にされていたのだ」

金五を褒めた後、話を忠義に転じた岸田は桂助をちらと見た。

「開府はしても大坂城の落城はまだ先です。大権現様はご老体に鞭打《むちう》って、何としても、徳川家のお膝元であるこの江戸を栄えさせなければと、側近たちと膝を詰める日々だったと思います。それには何より商いによって、富が江戸に築かれることが必要でした。先ほどの上方の一旗揚げたい組等や漁師の例でもわかるように、商いは先祖代々、商人でなくても出来ます。ただし、その商いがこの江戸を肥やしてくれるには、自分の利ばかり主張するであろうごろつきや一旗揚げたい組に期待するよりは、摂津の漁師たちのように、定住を含む忠義で結びつかなければと、大権現様や側近たちは考えついたのでしょう。武家の内証が苦しくなって、糊口《ここう》が凌《しの》げなくなってきた植木職たちを忠義の商人にしようとしたのですね」

岸田は桂助の言葉を受けて大きく頷いて先を続けた。

「われら武士は、とかく商人は商いが大きくなればなるほど利に聡《さと》く、忠義の心は薄いと見做《みな》しがちだ。しかし、江戸の町の繁栄にはどうしても商人力が要る。そこでお上は摂津の漁師たちに倣って、食い詰めかけていた植木職たちに商いの特権を与える代わりに、未来永劫《えいごう》代々の変わらぬ忠義をもとめた」

「それってえのは、忍びと同じ、お上の密偵じゃあねえかよ」

鋼次が思わず口を滑らすと、

「それについては後で話す。今はもう少しわしの話を聞け」

岸田は苦笑した。

「当初は植木職たちも特技を生かして鉢作りや種苗売りなどをしただろうが、爪に灯を点すようにして貯《たくわ》えをして、庭とも植木とも縁もゆかりもない商いに転じていった」

「まさか、江戸の商人のほとんどが元植木屋で、お上のイヌってわけじゃあねえだろうな？」

鋼次が眉を寄せた。

「長くお上にお仕えしてきた身のわしとしては、是非そうであってほしいものだが、商いの胆《きも》は才覚ゆえそう上手《うま》くはいかぬものだ」

「商人に転じた植木職は、生業の名を記した屋号以外、掲げてはいけないという決まりがあったのでは？」

桂助は友田が書き残した中毒者を出した店の一覧を頭に浮かべた。あまりに素っ気ない屋号と名の羅列だったものを——。

「左様、植木職だった頃の名も変えさせ、代々それを名乗らせた。これらは全てお上への忠義を忘れさせぬためだった」

「それでは藤屋長右衛門も？」

桂助は父を見た。

「御先祖様が京の反物屋だったと伝えられてきたが、どこの誰かまでは知らされていなかった。おそらく藤屋も市中の植木職で、呉服問屋という屋号でなく家紋のふじによる命名で藤屋としたのは、同名を掲げる店が他にあったからだろう。植木職の御先祖様はもちろん、長右衛門ではなく、藤棚造りが上手で藤助とでも言ったのかもしれぬな」

長右衛門は桂助の方を見て話した。

「そっちはどうなのかな？」

金五は西陣屋織左衛門を見つめた。

「ほう、やっとわての番になりましたか」

織左衛門はにっと笑って、

「上方商人のわてがどうして、ここにおるんか、おかしく思うてるんでしょうね。答えは簡単。わてんとこも、藤屋さんとこと同じで、元はお江戸の植木職やったんです。知っての通り、上方は儲けまくっとる商人に力があって、お上の威信を保つには、押さえがないとあきません。それよって、わての御先祖様は上方へ送られたんです。まあ、漁師さんと同じように身に余る特権がついとって、西陣屋織左衛門いう、有り難い屋号と名もいただきました。西陣屋といえば、政《まつりごと》の中心が京にある頃から御所に出入りを許されてたというたいした家柄です。絶えかけていた西陣屋に遠縁の跡継ぎが見つかって、京の呉服屋の長《おさ》になったところで誰も文句は言わしません」

驚くべき話をすらすらと続けて、最後の一言に力を込めた。

「それではあなたが藤屋の父のところへおいでになるのは――」

桂助はお房《ふさ》から父のカラタチバナ仲間は、江戸店を考えているようだと聞いていた。

「口ではこっちへ店を出したい、言うてますけど、昨今江戸も物騒ですしね。そんな気ぃはありませんよ」

織左衛門はまだにやにや笑い続けている。

「ここにいるのがおかしいってえのに、あんた、どうしているんだよ？　その理由《わけ》、まだ話してないぜ。にやついてばかりいずに話せよ」

鋼次は憮然《ぶぜん》とした面持ちで織左衛門に食い下がった。

いてますよ」

「その役目、とかく人に嫌われやすい、わてや岸田様よりあんたはんの方がよほど向
織左衛門は長右衛門に向かって膝の上で小さく手を合わせた。

「わかりました」

応えた長右衛門は、

「どうしてそのように決まったかはわからないが、歴代の藤屋長右衛門には植木職だった頃の意気をもって江戸の守りを、西陣屋織左衛門にも同様に京、大坂の守りをせよとの命があるのだ。代々の公方様《くぼう》には御臨終に際して、口伝の遺言が定められていて、この命はその一部でもある」

重々しい内容を簡潔に伝えた。

――おとっつぁんがそこまでの役目を担い、忠義商人の最高位に就いていた一人だったとは露ほども知らなかった。ならばどうして入牢《じゅろう》させられた時、何らかの助けで避けることができなかったのだろうか？――

桂助の心の裡《うち》の疑問を解したかのように、

「そして、このお役目のことは、誰にも、たとえ身内であっても明かしてはならないという厳しい決まりがあるのだ。忠義商人の輪が利得で汚れるのを防ぐためだ。人は

とかく利得のために力のある者に媚《こ》びがちだから。ここへは何が何でも、利得が持ち込まれないようにしてきたのだ。それゆえ、このお役目は孤独だ。何があっても、わたしや西陣屋さんはこれを秘したまま死なねばならない。次代にこのお役目が知らされるのは、わたしの四十九日の法要が済んだ後となる。わたしもそうだったから」

長右衛門は定められてきた自身の立場を明かした。

九

「植木職だった頃の意気には、代々草木に通じ続けていることも含まれるのでは？」

桂助はこの一言も気になった。

「まあ、代々通じ続けるなんぞという気張った物言いはせんでもよろしい。一攫千金の夢ともなる万年青やカラタチバナの他に、誰でも好む牡丹、朝顔、菊、椿等を育てることや、梅や桜の花見等、好きでやってきはったんでしょ。でも、まあ、御先祖様が植木職のところでは、そうでない人たちに比べて、少し縛りがありよりましたな。その手の本やらは外に秘すだけではなく、決して捨ててはならん言われてきました。伝えられてきた珍しい草木も同様です。けれども、泰平の世がこれほど続くとだんだん——」

織左衛門はそこで言葉を止めて岸田を窺った。

「お上が築いた体制を守り通すためには、忠義の商人はまだまだ足りていなかった。そこでお上は園芸を大々的に流行らせることにした。特定の草木が選ばれて、初代が植木職だった店の主《あるじ》たちが、ひたすら集いの会や品評会を開き続けた。即、金になるものもあったが、そうでなくとも付き合いが広がり、時に商いにも役立つとあって、人々の園芸熱は高まるばかりであった。これで思惑通り、初代が植木職でない忠義な商人が増えた。しかし、これにはいい面だけではなかった」

岸田は先を言い当てろといわんばかりに金五に向かって顎をしゃくった。

「忠義の心を持たない、そう装うだけの似非《えせ》忠義の商人が出てきてもおかしくないんじゃない？　あと、この手の商人たちが組むと自分たちが得することのためには何でもする気がするよ。お上は与えた特権だけ損しちまうどころか、こいつらがのさばり続けるとどんなことが起きるか想像もつかない。特にさ、居留地に限るってことでも、異人がうろうろしはじめるような今時は——」

金五の言葉に、

「その通りだ」

岸田は満足そうに頷いて、

「異国の商人たちは我らだけではなく、お上を倒そうとしている薩長にも武器弾薬を売っている。だが最も許し難いのは嵌まったら最後、正気を失って死ぬという阿片が持ち込まれようとしていることだ。そして、その仲介の頭が、似非忠義商人たちを率いている植木職、いや、今は庭園主だという事実だ。以前には考えられなかったことだが、植木職の中には庭園名を新たに掲げて、名も変えずに、開き直った商いをしている者がいる。何なく忠義を踏みにじって、お上をないがしろにして、阿片と関わっていても不思議はあるまい」

と言い切り、

「ケシの未成熟果から採取する阿片の管理は、土地を耕して作物を育てる、元は農民だった初代植木職から代々受け継がれてきたお役目の一つでした。これには津軽藩等での有力な特産物でもある、津軽という別称を持つ阿片も含まれています。しかし、これほどこのお役目が重いものとなったのは、今をおいてないはずです」

長右衛門は告げて、織左衛門はうんと大きく頷いた。

「四季楽亭で殺されていた松助さんとおとっつぁんたちの関わりは？」

桂助は訊かずにはいられなかった。

「植木職は身分を越えてどんな屋敷へでも出入りがきく。代々松助は名も生業も変えず江戸で生きてきた。そして、今はこの藤屋長右衛門の下で、阿片を含む、しかし草木や農作物だけではない、全てを監視する役目を担っていた。そんな松助から、この古きゆかしき一団である、厖大《ぼうだい》な数の忠義商人たちの一部に、欲得に駆られて阿片の仲介をしようとする動きがあると知らされたのだ。亡くなった南町奉行所定町廻り同心友田達之助様の役宅近くをうろついている浪人者たちが、上方訛りで話しているのを耳にした者もいる。すでにお報せしていた岸田様も憂慮されて、配下の者に松助を見張り守らせておられたが、ふと目を離した隙の出来事だった」

長右衛門は松助の死を悼んでか、初めて目を瞬かせた。

――松助さんはおとっつぁんの子分格だったのだ――

「まだこの老体よりずっとお若いというのに。わては何べんも松助に宛てた文で、くれぐれも用心するようにと書きましたんどすけどな。あの連中に説教は端《はな》っから無駄やから」

織左衛門も俯《うつむ》き加減になった。

「ただどうしてもわからないのは、松助が再三、西陣屋さんから言われていたというのに、なぜ一人で四季楽亭に出向いたかということだ。剣術まで達者だったという初代松助と異なり、今の松助はよく言えば穏健、悪く言えば恐《こわ》がりだったから」

長右衛門の言葉に、

「わしもそう思う。草木にも増して好きなのは妻女と菓子で、わしには妻女がいないので、多少の遠慮はあったが、長居をさせて茶菓など勧めるとなかなか話が仕舞いにならなかった。かような者は命の危険があるかもしれない場所とわかっていて、殴り込みをかけるようなことはしでかさぬはずだ。その上、西陣屋は何度も用心の文を出していたと申すしな。ただし、四季楽亭の主が松助に隠し子と会わせると伝えていたらどうだろう？　松助のところは女子《おなご》ばかりだ。後先考えず、ただただ倅に会いたさに、わしの配下の者たちの目をかいくぐってこっそり抜け出したのではなかろうか？」

頷いた岸田は横目遣いに西陣屋を見た。

「松助に隠し子だなんて、今はじめて聞きました。ほんまですか？　何かあると目ぇ付けといた四季楽亭探りで、ええ格好しいをしたかったんじゃないんですか？　男ってえのは時に自分でも思ってみない行いをするもんでっせ」

西陣屋の額から冷や汗が流れた。

――それは違う。守るべき者があると変わるのだ男だ。だとすると、これにもしかして――、この先どうなる？――

鋼次は西陣屋の方を見ないことにした。

「実は藤屋たちが四季楽亭裏の竹林に逃れた際、刺客と思われる、上方訛りの言葉を使う浪人者二人が雪が積もっていた猪の罠に落ちた。こ奴らはすでに捕縛させた。いずれこの者たちを糾《ただ》せば、雇い主は知れる。名を偽っていても、面を検《あらた》めれば、明らかとなろう。それでよいのかな、西陣屋」

とうとう岸田は織左衛門に詰め寄った。

「ははは、いやですねえ、東のお人はすぐこれやから――白黒つけるのが根っからお好きなんですな」

織左衛門は青ざめた顔で高い笑い声をたてると、

「わては、それがどうしたいう気持ちや。この三百年近く、お上はわてらにいい商いをさせてやってきたつもりかもしれんけど、めざましく肥えたのは江戸だけやんか。わてらはずーっと、貧乏公家《くげ》相手に薄い薄い商いをさせられてきたんや。異国から降ってきた阿片でその穴埋めをせんで、どうする？　居留地のキングドン様々や。わては何べん生まれ変わっても同じことをする。ここで死ななければならなくなったことのほかは、なんも悔いておらへんで」

やおら煙草入れを取り出して、赤い紙に包まれた白い粉の阿片を呷《あお》った。織左衛門の軽く小さい身体が音もなく前のめりに倒れた。

まさにあっという間の悪夢のような出来事であった。

「えっ」

「こんなことまでありかよ」

鋼次と金五は共に青ざめた。

――お房から聞いた時から、嫌な予感はしていたが、まさか、その通りになろうとは。やはり、居留地でのことはお房を殺すためだったのだ。江戸店を出そうとしていた西陣屋にとって藤屋は商売仇だから――。前もって西陣屋がキングドンに頼んでいたのだ。あの親子の復讐が遂げられていなかったら――

桂助とて顔に出さないだけで衝撃は受けていた。

岸田は若党を呼んで織左衛門の骸を部屋から運び出させた。

「松助はずっと織左衛門の裏切りを疑い続けていた。これで供養が出来た。さあ、先を続けよう」

何事もなかったかのように岸田は平静に話し始めた。

「裏切り者の阿片仲介人が忠義商人の古参であったのは、残念で口惜しいが我らにはまだ救いはある」

岸田は懐から一通の文を取り出して桂助に渡した。

表書きには藤屋桂助様、けむし長屋の皆様と書かれていた。

「わし宛てに届けられてきた上、文の主《ぬし》が主なのでさっと目は通させて貰った。その旨は許せ」

文には以下のようにあった。


歯抜きと捕り物名人の藤屋桂助よ、一緒にけむし長屋に住まう口は悪いが心は竹を割ったような房楊枝職人よ、手足の長い蚊蜻蛉《かとんぼ》そっくりのその弟分よ、息災にしているか？

わしの方は家定《いえさだ》様が身罷《みまか》られ、いろいろな取り沙汰の上、紀州の慶福《よしとみ》様が家茂《いえもち》と名を改められて将軍職にお就きになられ、実はしばしやれやれと思っていた。ところが無理やり将軍後見役にされてしまった。時節柄、この任は重く、尊皇攘夷《そんのうじょうい》が渦巻いている京都に守護職を置いたり、参勤交代の緩和を定めるだけではなく、従来病弱な将軍家茂様の名代で、京での公家たちと大事な交渉ごとに当たるも失敗に終わった。

わしとて、異人たちにいいようにされてたまるものかという、この国の行く末を危惧する気持ちはあって、懸命に働いたのだが――。徳川だ、薩摩だ、長州だといがみ合っている場合でもないのに――。

政とはかくも摩訶《まか》不思議、伏魔殿そのものでほとほと嫌になった。

まっすぐに互いの気持ちを伝え合えた、藤屋たちと居たあの時はよかった、本当に楽しかった。百合の花のようだった志保は相変わらず楚々《そそ》としてよく気がつき、それでいて芯は強く賢かろうな。藤屋とはもう夫婦《めおと》になったか？

せめてあの時の皆が夢に出てきてほしいとも思うのだが、それも無理なのだ。

何とわしは眠れぬ夜のために、阿片を医者に勧められたことがある。

藤屋は口中医ゆえ、阿片の毒性を切にわかっていると思うが、これは強力な眠りへの作用があるだけではなく、続けるとこれなしではいられなくなるのだ。

案じられたわしは、異国から阿片が供給される居留地横浜を一時、鎖港《さこう》にするつもりでいるが（もちろん、鎖港にするべき理由は阿片だけではない）、さまざまな絡みもあって出来ないかもしれない。

それゆえ、頼む。

阿片だけは武器弾薬のように、自由にこの国に持ち込ませては駄目だ。断じて清国の二の舞にしてはならぬ。

わしも一時の鎖港を通すべく頑張るゆえ、そなたたちも阿片禍の広がりを何としても止めてほしい。医療用だ、麻酔だと偽られて、心身を蝕《むしば》まれる者を増やしてはならぬ。

そなたたちのことを思い出すと、自分は独りではない、居る場所は違っても、共に闘える仲間が居るのだと思うことができる。そして、共に何のために闘うかといえばこの国を他国から守るためなのだ。

これほどの喜びは他にない。

なおこの文は藤屋と元将軍家側用人岸田正二郎が古くからの知己だとわかったゆえに、岸田宛てに届ける。役目柄、先に岸田が読むことも許してやってくれ。

今の我が身は刺客に襲われて文さえ盗まれかねない。そなたやけむし長屋の仲間宛てでは危険が及ぶかもしれないと案じられたのだ。いつかきっと皆での再会を願って。

慶喜《よしのぶ》

藤屋桂助様

けむし長屋の皆様

十

「ここに居る二人は慶喜様とつきあいがございました。二人にも文を読んでもらいます」

桂助は慶喜の文を二人に渡した。

「二人も不安を抱いているようですので申し上げます。武家である岸田様がなにゆえ忠義商人の巨大な輪に関わっておいでなのですか？　また、どうやって慶喜様はわたしとあなた様のつながりを知られたのでしょう？　藤屋の父が告げたとはとても思えないのです」

岸田に率直に訊いた。

「実は慶喜様から頼まれたのだ。そちたちと慶喜様のことは後で伺った」

まず桂助の問いに簡潔に応えて、

「開国は実現したものの、覇権を誰が執るかで世の中は混迷している。このような折、将軍後見職の慶喜様はまさに火中の栗を拾われたようなものだ。ご自身が江戸幕府を大改革して、徳川の世が続くよう精一杯努力はするが、薩長軍の力は強く、たぶん負けるだろうと先を読んでおいでだ。慶喜様はたとえ覇者にならずとも、この時期、どうしても成し遂げたいのは阿片流入を完全に押しとどめることだと仰《おお》せられた。身につまされておられたのは文にある通りだ。これについては開国時、幕府は貿易相手の異国に阿片売買の禁止令の誓約書を取りつけていて、これは上様の命でもある。それもあって、先々代上様の側用人だったわしも、老骨に鞭打ってあと一働きせねばと思ったのだ。

人にとって痛みほど辛《つら》いものはないだろう。それゆえメリケンのエーテル麻酔が痛みを取り去ることができるとわかれば、世界は海のごとく果てしなく広いというのに驚くほどの早さで、国を閉ざして異国とは限られたつきあいしかしていない我らの国にまでその効能が知らしめられた。

多くの人たちが痛みの苦しみから救われた一方、この麻酔薬が多大な利得市場をもたらした事実も否めない。

かつてこうした麻酔が異国にもなかった頃、お上がその昔、マンダラゲやトリカブト等を用いて患者を眠らせ、外科手術を行った華岡清洲《はなおかせいしゅう》の華岡流麻酔薬を秘密裏に蘇《よみがえ》らせようとして、人の命を犠牲にしたのも、財政困難ゆえの苦肉の策であったと思う。

そして、その試みは幕府が倒れかけている昨今、尊皇攘夷を旗印とする輩が、わしは薩摩だと思うが、さらにまた蘇らせて幕府打倒のための大蓄財を謀ろうとした。

薩摩に比べて資金難に苦しんでいた長州は手っ取り早く、フグ毒を用いてやはり数々の人命を踏み台にして、世界に知られていない猛毒を作り、毒の武器として異国へ売ろうとしていた。

これは異国、その中でも特にエゲレスが阿片を居留地から持ち込んでひと儲けしようとしているのと変わらない。

わしは内も外もこの国も異国も区別なく、こうした利得のために人の命を奪ったり、苦しめたりするやり方は卑怯《ひきょう》極まりなく、断じて許すことは出来ない。

それゆえ、わしはこの老骨の余生を阿片撃退に捧《ささ》げ尽くしたい。

そしてせめては後に続く者たちの暗い夜道を照らす灯りになりたいものだと思っている」

岸田はいつになく熱っぽく切りだした。

――岸田様にはやはり深いお考えがあったのだ――

「上様の元御側用人っていうのは、お城の中をはじめとする裏事情にも相当くわしいってことだよね」

金五が問うと、

「左様。上様が代替わりされると側用人も変わる。事情を知りすぎている側用人は表舞台から去るのが常であった。その事情には縁故や利得の占める度合いが少なくないゆえな。こういう関わりは一見よいように見えて、長すぎると必ず腐ってくる。なので、わしも出来れば蚊帳《かや》の外にいたかった。だが開国の選択を迫られていた折の上様方、家定様、家茂様はあまりにご病弱である。そこで各々の上様の側用人や老中たちは、二代前の上様に長く仕えたわしを頼ってきた。わしは将軍家のために出来るだけのことはしよう、助言もすると約束した。忠義商人の仕組みや輪については、おおよそ知ってはいたが、親しくしていた藤屋長右衛門の役目を老中から訊かされた時は仰天した。そうとわかっていたら、養父の藤屋の先行きの野心を危惧して、徳川の御血筋であるそちを長右衛門に預けはしなかったろう。ともあれ、長右衛門はそちを野心の道具にはせず、ひたすら慈《いつく》しみ続けてきた。わしは驚いただけではなく、そちを預けていた長右衛門こそ、身分の差を超えて共に闘える同志だと悟った。ただ、あの、仕事が懇切丁寧で腰が低く、家族の話が大好きな植木屋の松助が長く長右衛門の下で働いていたと本人の口から語られた時は複雑な思いだった。あの穏和さで凶悪な阿片密売を取り締まれるものかと。結局は親子の情で釣られて殺される羽目になってしまった」

岸田はくわしい話を聞かせてくれた。

「それについてだけど、奉行所の取り締まりも腰が引けてるとおいらは思う。中毒になった人たちから一時毒を抜いても、阿片売りを野放しにしてたら、また元の木阿弥になるもの――。阿片中毒の人たちは目立ったり、危害を加えたりするから、お上は阿片の持ち込み禁止の建て前通りにしたくて、牢の溜《たまり》に放り込んでるだけだ。まともな調べをしようとした同心だけが割を食った――」

金五は口角泡を飛ばす勢いであった。

――友田様のことがよほど腹に据えかねていたのだろう――

桂助は金五の気持ちが痛いほどわかった。察した岸田は、

「友田達之助も元は忠義商人の出自であった。友田の曽祖父が同心株を買ったのだ。時の流れで植木職は同心とはいえ武士にもなれるようになった。この事実を松助から伝えさせると、意気に感じた友田はかつてないほど熱心に阿片流入の阻止をめざして働いた。死んだ友田は、正しい心ばえの忠義商人が信念を貫いて無念を晴らしてくれるだろうと、あの世に行ったばかりの松助と共に心待ちにしているはずだ。我らはその想いに応えなければならない」

沈痛な面持ちながらきっぱりと言い切った。

「あんたはたいそうなことを言ってるけどさ、何で俺から黒文字の房楊枝を脅し取るような真似《まね》をしてくれたんだい？　あの友田と相対死したように見せかけられた女とどういう関わりがあるんだい？」

鋼次は追及せずにはいられなかった。

「あの極上の黒文字の房楊枝は将軍家ゆかりの祈禱《きとう》寺で僧侶たちによって作られている物だ。あの女は想う相手の分身と思い定めて肌身離さずにいたのであろう。あの女は京よりお輿《こし》入《い》れされた御台所《みだいどころ》様付きの御中﨟《おちゅうろう》で名は花小路《はなこうじ》、四季楽亭での名は美弥、寺参りで出会った僧侶と想い合うようになり懐妊、ありがちなことではあるが、当人が帝《みかど》の遠縁に当たるので、時節柄、大奥ではこの不始末を何としても隠し通したかったのだろう。大奥総取締役の村尾《むらお》は海千山千、忠義商人なるものも知っていて、四季楽亭宇兵衛に頼み込んだ。もちろん、四季楽亭の商いにかかる税を無くすという、美味しい条件つきでな。そのくらいの便宜、上様に近い大奥では簡単なはずだ。村尾が四季楽亭に花小路の始末をどのように頼んだのかまではわからぬ。わかっているのは、美弥という名で、四季楽亭で阿片に冒され、酷い仕打ちを受けた挙げ句、殺された事実だけだ」

――これではまるでキングドンに掠《さら》われて殺された、丸山のつばきさんと同じではないか――

桂助は胸が詰まった。

金五は鋼次の方に鼻を近づけ、

「おいら、どうして、あんたが兄貴の持ってた黒文字の房楊枝を取り上げたのか、今、わかったよ」

「そうか、言ってみろ」

岸田の優しい目に応えた。

「桂助先生が四季楽亭を訪ねて行って以来、あっちは先生やおいら、兄貴を怪しんでたと思う。〈いしゃ・は・くち〉をこっそり見張ってたかも。だとすると、あんな極上の黒文字の房楊枝を持ってちゃ、危ないだろ？　だからだよ、兄貴、岸田様がちょっと強引だったけど取り上げたのは――」

「そうだったのか。そうならそうと言ってくれりゃ、大騒ぎしなかったのによ」

鋼次は照れ臭そうに鼻を鳴らした。

「四季楽亭宇兵衛とばら亭棘三の関わりは？」

桂助にはばら亭棘三なる若者の役割が今一つよくわからなかった。

「御時世で植木職が名を変えずに庭の主になれるようになって、四季楽亭は松助に取って変わろうとした。その際、松助の弱みは二十年近く前、旗本家に行儀見倣いに上がっていた商家の女と契り、子を生《な》していることだとわかった。松助が先祖代々続けてきた梅の木作りにちなんで、その子の名は梅太郎。ところが松助の女子ばかりの家は女房をはじめ気性が張っていて、とても隠し子のことなど言い出せなかった。相手の女は産後の肥立ちが悪くて死んだので、梅太郎は祖父母の子として育てられていた。もちろん、松助はなにがしかの手当を届けていたが、おそらく長じた梅太郎は祖父母が両親《ふたおや》ではないと知り、自分を捨てた父親を憎んだ。家を飛び出し、悪さを繰り返して、このままではいつか入墨者になるだろうことは明々白々だった。そんな梅太郎を探し出した四季楽亭は、父親への復讐を手伝うと言って当人を喜ばせ、手練手管《てれんてくだ》を使って、ばら亭棘三と名乗らせて、人を集めての酒池肉林の阿片宴会や密売の仲介をやらせ続けた」

長右衛門は桂助に向けて努めて平静に淡々と話した。

「そして最後は企みを知りすぎたばら亭棘三と、宿敵の松助を引き合わせてあのように殺させた。子のばら亭棘三に親の松助を殺させる筋書きもあったのだろうが、念には念を入れたのだ」

「たしかにばら亭棘三は刃物等は持ち合わせていませんでした」

桂助は瞬時に二体の骸を確かめていた。

「よかった」

長右衛門は太く息をついて、

「せめて来世ではずっと離れぬ親子でいてほしい」

堪《こら》えていた涙を見せた。

「とはいえ、そこまでわかっていても、四季楽亭宇兵衛が友田様と花小路様、それに松助さん親子を手に掛けた証はありません。あったかもしれない証は、あの炎と共に消えてなくなってしまったのですね。しかもあの家に火付けをしたのが四季楽亭さんだという証もまたありません」

桂助は落胆した顔を岸田に向けた。

「そういや、そうかあ。これでお咎《とが》めなしはねえだろうに」

「おいら、これほど口惜しいって思ったのは初めてだよ」

鋼次は両手を拳に固めた。

「証はある」

岸田は言い切った。

「西陣屋織左衛門はあの年齢で白金《しろかね》に妾宅《しょうたく》を持っている。庭があって障子で囲った室の中に唐子咲きの椿を植えている。その下を掘れば、十中八九阿片が出てくる。その他にも、仲間の名が連ねられた面白い書き置きも出てくるだろう。悪党同士は互いに疑い合うものなので、そのようなものを残すのだろうな。四季楽亭宇兵衛の名も見つけられるはずだ。いずれ、囲い女も織左衛門の死を知る。待ってましたとばかりに持ち逃げされる前に押さえてはくれぬか」

これを聞いた二人は目を輝かせ、飛び跳ねるかのように立ち上がった。

「合点承知」

「行くぜ」

桂助も同行しようと腰を上げかけると、

「そちには行くべき別の場所がある」

制止した岸田の目がまた優しく細められ、長右衛門も微笑《ほほえ》んで大きく頷いた。

十一

半年ほど過ぎて、桂助はメリケンへと向かう船上に居た。

西陣屋織左衛門の妾宅がくまなく調べられ、隠し持っていた居留地経由の阿片の他に、阿片密売仲介業を請け負っていた四季楽亭宇兵衛他、植木職の末裔《まつえい》で欲に目が眩《くら》んだ忠義商人たちの名が連ねられた文が見つかった。

阿片は塩水と消石灰で無害な白い煙に始末され、悪に手を染めた輩たちは四季楽亭宇兵衛以下極刑に処せられた。

岸田邸の氷室《ひむろ》の一つに供養されていた、薄幸の女人、大奥中﨟の花小路の骸は、時節柄もあって京には届けず、深い想いを捧げあっていたであろう、黒文字細工で知られている将軍家ゆかりの寺に葬られた。

「これなら想い合っていた相手の供養が受けられて、きっと花小路も本望であろう」

岸田は感慨深げに呟いた。

友田達之助の骸は、たしかに金五の言う通り、市中に身寄りはいなかったが品川の破れ寺に先祖の墓があった。これを突き止めた藤屋長右衛門は友田の骸を引き取り、墓を藤屋の菩提寺《ぼだいじ》に移して手厚く葬った。

「あなたは友田様とどういう御縁なのでしょう？」

「友田様は定町廻り同心とはいえ、お侍さんよ」

不審に感じたお内儀の絹《きぬ》や娘の房に訊かれても長右衛門は決して応えず、桂助にだけ、

「友田様は忠義商人の仲間にして、岸田様と共に阿片密売を取り締まる尊い同志だった」

と洩らして目を瞬かせた。

鋼次と金五が西陣屋織左衛門の妾宅へと証探しに向かう折、同行するのを止められた桂助は、

「そちの望みのうち、最も大きな一つを叶《かな》えてやろう」

岸田は告げた。

長右衛門が毒の試しに命を取られようとした鋼次を、長州下屋敷から逃がした後の志保の身の振り方について説明してくれた。

「商いで得意先へ挨拶に行った帰り、行く当てもなく心細げに歩いているところを見かけた。とかく勇ましく取り沙汰されている長州藩の下屋敷近くだったので、心配になって呼び止めると、わたしだとわかってくれた。奉行所と関わることが多いおまえは、いずれ物騒な風、悪徳となり果てた一部の忠義商人たちに目を付けられるだろうと案じて、この一連のことが落ち着くまで、我らの強い味方とわかった岸田様に預かっていただくことにしたのだ」

桂助は志保が居るという、幕府直轄の小《こ》石川《いしかわ》薬草園へと急いだ。

途中、桂助の脳裏にあの日のことが浮かんだ。
横井《よこい》宗甫《そうほ》の家での佐竹道順《さたけどうじゅん》を交えた勉強会に誘われたものの急な患者があり、桂助が遅れて着いてみると、明らかに変事が起きたことが部屋の様子から分かり、後に横井と佐竹は変わり果てた姿で見つかった。桂助は自分を責め、その様子を見ているのに耐えられなかった志保は桂助の前から姿を消した。後に気を病んだ者の仕業と分かり、その者を操った者も分かったが、そこにはもっと深い闇があったことが今回のことを通じて分かった。

　エーテル麻酔が世界を制覇しつつあり、痛み止めとして効能のある阿片他が悪用されるようなことがないように、実は典薬頭《てんやくのかみ》の片腕であった佐竹の発案で阿片追放の決議がなされ、忠義商人たちにも通達されるはずだった。薩摩が妨害したのは華岡流麻酔を毒薬として輸出するもくろみあってのことであった。

　岸田からこのことを聞かされて、桂助は富に群がる輩を蔑視すると共に痛みのない治療をどれほどの人々が待ち望んでいるかに想いを馳《は》せ、阿片の使い方に腐心することを誓った。

　桂助は残っている雪の上を歩いて、薬草園で立ち働いている志保に近づいた。

「手伝いましょう」

志保に声を掛けた。

自分でも驚いたほど緊張していなかった。

「あら、でも、桂助さんには患者さんが――」

言いかけて志保は手を止め、

「ここは〈いしゃ・は・くち〉の薬草園ではなかったわ」

頬を染めた。

「あなたを迎えにきました。〈いしゃ・は・くち〉の薬草園とは限りません。わたしの元へ戻ってください。これから生涯、わたしの居るところにはあなたに居てほしいのです。あなたの居ない毎日などわたしには到底考えられないのです」

「桂助さん、わたしもです。あの時、ご自分のせいで父が横井宗甫先生ともども手に掛けられたと、思い詰めているあなたを見ているのがたまらなくて姿を隠しましたが、あなたのいない日々はとても辛くて、寂しくて、たまらなくて――、いつも心は空《うつ》ろでどうやって時を過ごしていいのかわからず、あなたのお父様に見つけていただかなければ、今頃、どうなっていたか――。ああ、でも、こうして会えてうれしい。束《つか》の間の夢でもいいほどに――うれしい」

「志保さん」

「桂助さん」

二人はどちらからともなく手をさしのべてしっかりと抱き合った。

「夢ではないのですね」

志保が泣きながら呟くと、

「夢でなんてあるものですか、夢でなんて――」

繰り返す桂助の声も掠《かす》れた。


こうして桂助たちは結ばれ、慎《つつ》ましい祝言が挙げられた。花嫁に最も近い宴席の膳の前には、今は亡き志保の父佐竹道順の形見である薬籠《やくろう》が置かれた。

まだ幼いとはいえ、娘を持つ鋼次は、

――今頃、あの世の佐竹道順先生は大喜びしてるはずだぜ、いっけねえ、目出度《めでて》え席だってぇのによ――

涙に誘われないようにその薬籠の方を見ないことにした。

志保が妻として〈いしゃ・は・くち〉に輿入れしてきてから、ほどなく、

「よい事というのは続くこともある」

岸田が訪れ、

「小島由左衛門《こじまよしざえもん》を覚えておろうな」

大身の旗本である小島由左衛門は、桂助が急性の炎症を起こした虫歯の治療に当たった少年の父親であった。

「小島由左衛門の倅はあれ以来、母親に菓子をねだらなくなったばかりか、一挙に大人になり、真に立派な跡継ぎになるべく、剣術や勉学に励む等良き方へ進んでいると聞いた。小島殿は奥方ともどもこれをたいそう喜んで、あの時、薬礼を受け取らなかったそちに形ある礼をしたいと言っておる。ところで、そち、居留地横浜で異国の口中医の術に驚愕《きょうがく》し、是非とも我が物にしたいという話をしていたな？」

「はい、妻を得てからはそれが最大の望みです」

「わしも若く、そちのような職にあれば同様に願ったことだろう。どうだ、その思い叶えてみては？　実を言うと小島由左衛門には居留地横浜差配の老中に伝手《つて》がある。これを使え。メリケン行きの船に乗船できるぞ、どうだ？」

「行きます、お願いです」

桂助はこの話に一も二もなく飛びついた。

「妻女と話さずともよいのか？」

「妻とわたしは一心同体ですので」

「これはまた、仲のよいことだ、この幸せ者が――」

岸田はふんと鼻をならしつつ、その目は笑っていた。


メリケン行の汽船の甲板で志保はおだやかな初夏の海を見ていた。

「あなたは海を見るのが好きなのですね」

桂助の志保への言葉遣いは夫婦になってからもあまり変わっていなかった。

「ええ。この大海原がいろいろなことを忘れさせてくれるだけでなく、全てを呑み込んで許してくれているような気がするのです」

志保の方も同様に言葉は丁寧であった。

「やはり、わたしがあの話をしたのが悪かったのでしょうか？」

桂助は志保に面差しが似ていた二人の女人、前身が丸山の遊女だったつばきと、大奥の中﨟花小路の不幸な末路について話していた。

話を聞いて思わず身震いした志保は、たびたび二人の夢をみるようになったと桂助に告げた。

「お会いしたこともないというのに、お二人が夢に出てくるのです。呪おうとするのでも、ご自身の身の上を嘆かれるのでもありません。自分たちは不幸だったけれど、あなたにはわたしたちの分も幸せになってもらいたいと涙ながらにおっしゃるのです。でも、わたし、自分だけがこうしてあなたと結ばれて、幸せなのが申しわけないような気がして――」

そして、二人の夢を見た後の志保は気持ちが落ち込んでいるように見えたが、乗船して海に取り囲まれてからは、海の青さを際立たせている夏の光にも似た明るい笑顔が戻ってきていた。

この時、大波にぶつかって船が揺れた。

「でもやはり、自分が今、幸せすぎることだけは胆に命じておきたいと思っています」

「この先、慣れない異国には想像もつかない苦労が待っていて、妻であるあなたの身にもそれは降りかかるはずですが――」

「いいえ、桂助さんとなら、どんなことも苦労なぞと思うはずはありません」

言い切った志保の顔は今までのどんな時よりも輝いていた。

――わたしもまた幸せだ。この時の想いは生涯忘れまい――

桂助の表情もこの上なく明るかった。

「うちの人、やっと少しね、船酔いがおさまったみたいなんですよ」

鋼次の女房の美鈴《みすず》が娘を背負って客室から甲板に出てきた。

「つたくねえ。船酔いだなんて。俺は絶対一人で大丈夫なんて大きな口叩いてたのに、昨日一日中、あたしが介抱してたんですよ。口ほどにもないんだから」

美鈴は手にしていた紙袋を開けて、

「いかが？」

日持ちがするので荷に加えた金平糖《こんぺいとう》を桂助たちに勧めてくれた。

「お心遣い、すみません」

志保はにっこり微笑んで金平糖を摘《つま》んで口に入れた。

「俺は元気だよ。元気だ、この通り」

食事が喉を通らない鋼次が、よろける足取りで甲板に青い顔を見せた。

急遽《きゅうきょ》決まった鋼次一家の同行は桂助の妹お房と、美鈴の父親芳田屋の話し合いで実現した。当初鋼次は、

「俺は桂さんと一緒に行くぜ。岸田に頼んだら、まあ弟だからいいだろうって。何てったってウエストレーキってえ異人の口中医がやってた足踏み式の歯を削る器械、あっちへ行けば、今にもっといいのが出て来そうだってえからな。手先だけは器用な俺なら桂さんの手伝いができるだろ」

単身での桂助との渡航を主張したが、

「帰ってきてから歯医者を開くには、しっかり者の美鈴さんが一緒の方がいいわ」

お房がまずは美鈴に話した。

もともと鋼次と離れがたく感じていた美鈴は、お房が抱いている歯医者の構想を父親に話していて、

「歯医者はよい案だ。藤屋さんと芳田屋《うち》が組めばきっといい商いになる」

と、得心させ、

「鋼次さん、せっかくそこそこ繁盛している房楊枝屋に、あんたっていう職人がいなくなってしまったら、娘や孫はどうやって糊口《ここう》を凌《しの》ぐんです？　芳田屋で引き受けるのはご免ですよ。どうしても行くというのなら、連れて行ってもらいましょう。寂しくないこともないが、先行きを案じるよりはましです。それが娘を持った父親というものです」

かなり辛い小言を、呼びつけた鋼次に浴びせた。

こうして鋼次は一家をあげて桂助夫婦に同行することになったのであった。

「そうだ、鋼さんにはまだ本橋《もとはし》さんのことを話していませんでしたね。今、話します。船酔いがよくなるかもしれません」

桂助は甲板にしゃがみ込んでいる鋼次の隣りに座った。

入れ歯師の本橋十吾《じゅうご》には、竹馬の友を止むに止まれず斬り殺してしまったという侍だった頃の辛い過去があった。供養のために仏像を彫る仏師になったものの、これだけでは食べて行けず、桂助の勧めで本格的な入れ歯師へと転向したのであった。

桂助は入れ歯が必要な患者には迷わず本橋を紹介していた。鋼次も房楊枝の得意先から打診されて本橋に引き合わせることもあった。

「いけね、俺、本橋さんにメリケン行きのこと話すの、忘れてたよ」

「わたしから話しておきました。本橋さんは今まで断り続けてきた、お弟子さんをとられるそうです」

桂助は安堵の顔をしている。

「あの本橋さんが？　ほんとかね」

本橋の腕の確かさには市中で一、二を争うほどの定評があったが、暮らしが安定しても所帯は持たず、話し相手は愛犬だけであった。

「実は――」

桂助はウエストレーキから聞いた、異国のものとは比べものにならない木床義歯《もくしょうぎし》の素晴らしさ、褒め言葉を、本橋に告げたことを口にして、

「本橋さん、有り難い、有り難い、生きててよかったって何度も言って、感極まって泣いてました。そして、これから先はそれを励みにしたいと。それであの入れ歯の技を受け継ぐお弟子さんを取られることにしたのでしょう」

「俺、絶対、その弟子さんは犬好きだと思うぜ」

笑うと青かった鋼次の顔に多少赤みが出てきた。

「まあ、そうでしょうね」

桂助も釣られて笑った。

「そういや、あれには驚いたね。まさか、あの岸田が金五を養子にするなんてさ」

話しかけて立ち上がった鋼次は甲板の中ほどまで歩いた。

岸田はその件を以下のように桂助や鋼次に話した。

「阿片禍はつかのま押さえ込んだだけにすぎぬのだ。阿片が作られ続ける限り、すぐにまた、雨後の筍《たけのこ》のように密売され中毒者が出る。藤屋の下の弟には両親も育ててくれた祖母も既に亡く、さらに友田達之助が亡くなり、世話になった岡っ引きも後を追うように亡くし、本当に天涯孤独となってしまった。わしには子がおらぬ。そこでまずは然《しか》るべき家の養子にして、行く行くはわしの跡を継がせることにした。走りだけなら飛脚にもできるが、あやつは五感が優れていて、特に一度見たことを忘れないのはたいしたものだ。取り締まりの強い味方になる。ま、当人は〝友田の旦那から岸田の旦那かあ〟などと惚《とぼ》けたことを言いおったがな。それはそれでまた面白い。あやつがそばにいてくれれば、わしの老いも多少は遅らせられるだろうしな。親子で阿片禍からこの国を守っているゆえ、存分に異国の歯の治療の技を吸い尽くしてまいれよ」

「鋼さんに岸田様が悪い人ではないとわかってもらえてよかったです」

「岸田には倅が、金五には父親が出来てよかったよ。二人ともちょい、つむじが曲がってて似た者同士だから、きっといい親子になれるだろうさ」

すっかり顔に赤みを取り戻した鋼次はしみじみと言った。

「あんた、船酔いの後、少し風に吹かれるのはいいけど、長くなると風邪引くわよ」

案じた美鈴に、

「さあさ」

背中を押された鋼次は、

「ま、うるさいこともあるけどさ」

片目をつぶって、小声で呟くと大人しく美鈴と一緒に船室へと戻った。

志保は金平糖を口に含みながらまだ海を見ていて、

「鋼次さんの家族が一緒なのも心細くなくて、あたし、とてもうれしいわ」

一人になった桂助を振り返った。

「それとわたしずっとバラのことを考えていたのです」

志保は小石川植物園でコウシンバラではない、一重咲きの野生種のバラの栽培を任されていた。

オールドファッション・ローズと呼ばれているこの野生種は、茎はほとんど鋭い棘で被われているが、花と実には侮り難い癒しの効能があり、西洋でも清国でも、気の遠くなるような歳月に渉《わた》って、垂涎《すいぜん》の良薬とされてきた。

「わたし、あちらでは沢山あるという、野生種のバラを育てて、効能を試してみるのが楽しみなのです。たとえ効き目は穏やかでも全ての人たちを幸せにするバラを――」

志保は無垢《むく》な微笑みを浮かべた。

桂助は思わず空を見上げた。

行く手には、空と海、そして愛と希望が一つになって果てしなく続いている。

完

あとがきに代えて――思い出すままに

和田はつ子

わたしにとって口中医桂助事件帖は、赤旗日曜版に二〇〇三年から二〇〇五年まで連載した初めての時代小説「藩医　宮坂涼庵」の次作で、時代小説のシリーズとしては一番最初のものです。

それまではホラーミステリーを書いていたので、異なるジャンルは難儀したでしょうとよく言われますが、江戸時代、どんなに初期の虫歯でも行き着く先は抜歯しかない、予防には現代の歯ブラシにあたる房楊枝使いや、黒澤明監督の時代劇にしか出て来ない、独特の美女が歯に染め付けている、鉄臭くて酸っぱいお歯黒しかなかった等、今からは思いもつかない事実の数々がなかなかのホラーで興味津々、楽しく取材をしながら書くことができました。

一方、アメリカの初代大統領ジョージ・ワシントンが嵌《は》めていた、スプリングで維持する義歯が、単なる抜けた前歯のカモフラージュでしかなかったのに比べて、古くから作られてきた日本の木床義歯《もくしょうぎし》が、食べ物を嚙《か》むことのできる奇跡のような逸品であった事実はまさに驚きと興奮でした。

こうした江戸期ならではは口中治療事情を是非とも伝えたいという強い思いがあって、シリーズを書き続けてきました。時にそちらの方が先行しすぎて、主人公桂助の生き様が弱くなってしまっているのではないかと悩むこともありました。つくづく小説の書き手としての己の力量の低さを痛感させられたものです。

そして、できればファイナルでは人間桂助の血の通った真骨頂を、歯科医師として抱き続けている熱い信念と共に伝えたい、伝えられる力量に達したいと思っていました。桂助への最高の応援歌にしたいと――。

その思いだけで夢中で書いたのが「さくら坂の未来へ」です。

末筆ではございますが、本シリーズ全てに日本歯内療法学会元会長の市村賢二先生と池袋歯科大泉診療所院長・須田光昭先生、そして、江戸期の歯科監修を快くお引き受けいただいている、神奈川県歯科医師会〝歯の博物館〟館長の大野粛英先生をはじめ、多くの先生方にご協力、ご助言を賜りまして心より感謝申し上げます。

また、ご声援頂いている全国の読者の皆様、本シリーズの表紙を描いてくださった安里英晴先生、ご助力を頂きました小学館の矢沢寛氏に厚く御礼申し上げます。

参考文献

『江戸の庭園：将軍から庶民まで――』飛田範夫著（京都大学学術出版会）
『江戸奇品解題』浜崎大著（幻冬舎ルネッサンス）
『江戸の花競べ：園芸文化の到来――』小笠原左衛門尉亮軒著（青幻舎）
『江戸の料理と食生活』原田信男編（小学館）
『目で見る日本と西洋の歯に関する歴史：江戸と明治期、16～20世紀の資料を中心に』大野粛英・羽坂勇司著（わかば出版）
『実録アヘン戦争』陳舜臣著（中公文庫）

解説

菊池　仁

二〇〇五年に第一巻『南天うさぎ』が刊行され、多くの時代小説ファンを虜《とりこ》にした「口中医桂助事件帖シリーズ」は、本書、第十六巻『さくら坂の未来へ』をもって幕を閉じる。最終巻らしい見事な出来映えで、読み終えると題名の意味がじんわり胸に伝わってくる。実にいい。桂助たち三人に未来を託し、希望が持てる豊かな読後感に浸ることが出来る。この点については後に詳述するとして、最終巻でもあるので、おさらいの意味も込めて、本シリーズの特筆すべき点を見ていこう。

二十年あまり文庫書き下ろし時代小説シリーズを読み続けてきて、ひとつだけはっきり判《わか》ったことがある。ヒットするかどうかは第一巻の完成度の高さいかんにかかっている、ということである。この点で『南天うさぎ』は、きわめて高いレベルを示した。これを読み解くことが本書の理解を深めることに役立つはずである。

第一に、時代小説の第一作『藩医　宮坂涼庵』が成功したことで、医師ものにまだ多くの可能性が残されていることを確信した作者は、文庫書き下ろしマーケットに新たに参入するにあたり、医者ものを選択した。ただし、医者ものといっても、センスの鋭い作者は意表を衝《つ》く設定で挑戦してきた。主人公の職業を今で言う歯医者としたのである。時代小説では初の試みである。これが作者の最大の工夫だが、ただ単に珍らしい職業を選択したということを言っているわけではない。口中医でなければならない必然性をモチーフとして、十五巻までの各話のエピソードをきっちり仕上げているからである。

作者は〝歯抜き事情〟をきっかけに、江戸時代の歯の治療の詳細や、薬草、房楊枝《ふさようじ》の種類など、珍らしい話をディテールに富んだ描写で描いている。特に手術の場面は迫真性に満ちており、映像を観ているようなわかりやすさである。おそらく文献に手術の詳細が綴《つづ》られているわけではあるまい。作者が想像力を駆使して再現したものであろう。これこそ近松門左衛門が論じた〝虚実皮膜《きょじつひにく》〟である。要するに、事実と虚構の間に小説の真実があるということで、作者の小説作法の神髄を見ることができる。手術の場面はその象徴と言っていい。

この熟練の作家だけが持つ手法が、第一巻で読者の心を魅了した原動力であり、物語を引っ張っていく力として作用したのである。重要なのはそれが巻を追うごとに熟成し、面白さを倍加させて吸引力につながっていったことである。本シリーズの底力である。

そこで思い出したことがある。二〇一〇年に「和田はつ子先生著作一〇〇冊突破を祝う会」が開催され、招待されて出席した。そこで驚いたのは出席者の中で何人もの方が、取材協力をした歯科の関係者で占められていたことである。作者が本シリーズのために、いかに綿密な取材をしてきたかを窺《うかが》わせるに充分な雰囲気の会で、強く印象に残った出来事として記憶している。シリーズを追うごとに〝売物〟となっていった〝口中医〟のディテールに富んだ描写や、リアルさは、この綿密な取材がベースにあったからだと納得した。

もう一点、本シリーズのモチーフに関することで重要なことがある。作者は、二〇一三年に医師ものの傑作『大江戸ドクター』（幻冬舎）を上梓《じょうし》している。そのインタビュー記事（ウェブ・マガジン「アニマ・ソラリス」）の中で、作者が興味ある発言をしている。

《医師である義兄の書架にあったトールワルドというドイツの作家が書いた『外科の夜明け』という本を読んだのがきっかけです。医師たちの苦闘が小説の手法で描かれているのですが、その本を十九歳の時、一気に読んでとても感銘を受けました。

麻酔なしの手術で、患者は痛みで死んでいく。手術する医師の精神的苦痛も相当なものです。

アメリカの歯科医による麻酔の発見は、まさに近代医学の夜明けでした。小説家になってから、いつかは書きたいとずっと温めていた題材だったのです。

日本医学史のような文献を調べても、当時の手術の様式はほとんど書かれていません。当時の帝王切開の手術など残っている史料を見ながら、次第にエピソードを膨らませていきました。物語をつくる上では手術の様子を詳細に描くというよりも、医術が命を助けるというドラマを見せたいと思いました。苦労といえば、そのあたりでしょうか。》

これを読むと作者にとって医師ものを書くことは、当然の帰結だったことがわかる。加えて〝麻酔〟に対する作者の並々ならぬ関心に留意しておく必要がある。

つまり、本シリーズは、いつか書きたいとずっと温められていた題材であり、そのための綿密な取材と史料漁《あさ》りを長期間にわたってしてきており、そこから学んだ優れた考証を集結した結果であることを示している。時代小説の面白さは、現代では想像もできない江戸時代の生活様式や、そこに生きていた人々の息吹に触れることである。人々が支持する時代小説は、そういった好奇心や知識欲を満足させてくれる宝石箱でもある。

第二は、桂助の人物造形の精巧で緻密な造りと、人間的魅力である。

《一方藤屋桂助は、商家の出ながら医学を志して長崎に遊学し、本格的な蘭方医学《らんぽう》に開眼させられた。桂助が蘭方医を志す他の者たちと異なったのは、医術をもって功なり名を遂げようとは、後にも先にも、露ほども考えなかったことであった。

それゆえ桂助は、人体解剖図「解体新書」よりも、乳歯を含む歯科解剖図「全体理論」を座右の銘にした。自身の歯科技術と知識をもって、歯痛に苦しむ人たちを日々、一人でも多く助けたいと思ったのである。》

要するに、桂助の〝志〟と〝哲学〟は、歯を病んだ人々を幸せにするための探究心にある。この強い意志に支えられた姿勢が、シリーズを貫く太い動線となっている。

さらに趣向を凝らしたのが、桂助の容姿の描写である。

《桂助はすらりと背が高く、役者になってもおかしくない男前であったが、実は当世の役者の誰にも似ていなかった。整った顔だちよりも漂っている品位と奥深い知が、より勝っていたからである。二十歳をいくつか出た年だったが、そのため、年不相応に落ち着いて見えた。》

早い話が〝人品卑しからざる人〟なのである。この描写で女性読者は止《とど》めを刺されたも同然である。もう一点、留意しておきたいことがある。〝人品卑しからざる〟という描写には、物語をさらに面白くするための趣向として、作者は重要な布石を打ったのである。桂助と共に幼なじみの志保と鋼次の二人が重要人物として設定されている。この二人について次のように描写している。

《志保は身体《からだ》が弱かった桂助のために、藤屋長右衛門に白牛酪による薬餌《やくじ》をすすめた、医師佐竹道順《さたけどうじゅん》の娘であった。

桂助とは同い年の幼なじみで、ずば抜けた賢さと優しさを兼ね備えていたが、整いすぎた美貌からは怜悧《れいり》な印象ばかりが強く醸し出されるのか、なかなか良縁に恵まれないと、父の道順は嘆いていた。

その志保は植物の栽培が好きで、桂助の開業当時から、菜園とも薬草園ともつかない畑の世話をかって出てくれていた。

「お嫁にも行きたいけれど、なにか一つこれということがほしいのです。わたくし欲張りでしょうか」

いつだったか、そういって志保は頬を染めた。》

ここには志保の生きがいを持ちたいという凜《りん》とした生き方と、桂助への想《おも》いが込められている。

《鋼次は中肉中背の見るからに敏捷《びんしょう》な身体をしていた。子どもの頃、喧嘩《けんか》で負けたことのないのが鋼次の自慢だったが、時折、さびしさとも優しさともつかない複雑な表情を目に滲《にじ》ませた。意外に繊細な心の持ち主なのだった。

　桂助や志保より一つ年上の鋼次は、腕のいいかざり職人である。そんな鋼次が〈いしゃ・は・くち〉の桂助と関わっているのは、内職で楊枝作りを頼まれていて、作った楊枝を桂助におさめているからであった。》

大切な仕事仲間であると同時に、事件を探索していく上での重要な相方であることが描かれている。

　つまり、本シリーズは、この三人が次々と襲いかかってくる謎の事件に遭遇する度に、絆《きずな》を深めながら恋と友情を育んでいく過程を描いた成長小説でもある。

　第三は、布石の置き方と伏線の張り方が絶妙であることだ。脇役の固め方にそれが表われている。例えば、御側用人《おそばようにん》・岸田正二郎の登場と、桂助の妹・お房の夫となる岩田屋勘三の存在である。この二人が震源となって、物語に強烈なインパクトを与える仕掛けを施している。

　第一巻『南天うさぎ』の解説が長くなったが、この三点が本シリーズの〝肝〟であり、作者はこれに新たな素材を投入することで、物語に間口の広さと奥行の深さを与えていく手法を取っている。簡単になぞってみよう。

第三巻『花びら葵《あおい》』で、物語は急展開する。桂助が十二代将軍家慶《いえよし》の落とし子という出生の秘密が明かされ、その秘密をかぎつけた勘三の父である岩田屋の野望が露呈する。岩田屋の野望とは、前将軍のご落胤《らくいん》である桂助に名乗りを上げさせ、次期将軍の座に据えて、傀儡《かいらい》のように自在に操ることであった。策謀をめぐらす岩田屋と、これに立ち向う桂助との壮絶な闘いの幕が切って落とされる。加えて、巻が進むにつれ、混迷を深める幕末の権力抗争が、桂助に忍び寄ってくる。第九巻『幽霊蕨《わらび》』では、一介の旗本に身をやつした一橋慶喜《ひとつばしよしのぶ》が登場する。物語は複雑な様相を帯び、趣向を凝らした展開が面白さを加速させる。

第十一巻『かたみ薔薇《ばら》』では、志保の父・佐竹道順や師である横井宗甫《そうほ》が何者かに殺害されるという悲劇が襲い、志保が行方をくらます。二人は再び生きて逢《あ》うことができるのか。物語は終盤へ向って疾走する。

重要なのは苛烈《かれつ》な境遇にあっても桂助は、治療技術の向上を求める〝志〟を忘れることがなかったことだ。作者はそのために阿片《アヘン》や麻酔薬を事件の中核に据えて、物語を紡いできた。その底流が最終巻『さくら坂の未来へ』を運んできたのである。

作者が『南天うさぎ』で仕掛けた布石と伏線は、十三年近くに及ぶ歳月をかけて発酵し、たわわに実った〝実〟をつけた。それを証明したのが本書である。本書は第一話「万年青熱《おもとねつ》」、第二話「唐子咲《からこさ》き」、第三話「浮世絵つばき」、第四話「さくら坂の未来へ」の四話構成となっている。既刊の十五巻がすべてそうだったように、題名と各話に草花や木、植物関連の名が冠せられている。これがシリーズに統一感を与え、シリーズのアイデンティティとなっていることに留意する必要がある。

作者の狙いは、草花や木の名を題名に冠し、それをモチーフとしたエピソードを紡ぎ出すことで、日本の生活様式を支えてきた四季の移ろいという原風景を味わってもらうところにある。これが頻繁に登場する料理とあいまって〝日本的情緒〟を譲し出す。つまり、乾いた治療や手術の場面が多く、それを柔らげるための作者固有のバランス感覚の表われと取れる。こういった全編にみなぎる江戸情緒は、読者の感情移入をしやすくするための回路としても機能する。これもヒット要因のひとつと推測しうる。

四話ともミステリー仕立てとなっているので粗筋の紹介は避けるとして、大きな変化は、開港まもない横浜が舞台となっていることである。横浜の居留地を舞台としたことで、物語は奔流となって動いていく。流れは三点に要約できる。

第一点は、桂助の〝志〟の象徴ともいえる西洋の歯科技術への関心である。

第二は、歯科技術と密接な関係をもっている〝阿片〟をめぐる陰謀との闘いである。第三は、消息不明となっている志保との関係である。

第一点から解説していこう。第一話「万年青熱」に次のような記述が出てくる。虫歯を抜かずに治す、驚くべき器械と治療法があるという。桂助の関心はここにある。

《「歯の治療はメリケンがどこよりも進んでいると聞きました。なぜなら無痛の歯抜き処置ができるようにしたのが、メリケンの口中医だからです。これはわたしがやっているような塗布の麻酔ではなく、患者さんが吸い込むと、うとうととする、エーテルという揮発性の薬が用いられる強力な麻酔薬です。以後、メリケンの人は歯抜きを怖《おそ》れなくなり、むしばが削られる痛みに耐える必要もなくなったので、器械を使って抜かずに治療する技も向上したのだそうです」》

作者は、前述したように江戸の医学事情に精通している。『外科の夜明け』を若い頃から熟読し、そのオマージュとして、『大江戸ドクター』を執筆し、主人公・里永克生の医師としての生きざまを、埋もれた歴史から掬《すく》い上げた。さらに、二〇一五年に刊行がスタートした「はぐれ名医診療暦シリーズ」(『大江戸ドクター』を改題。幻冬舎文庫)では、新たな構想の下に里永克生を再投板させている。すでに第二弾『女雛月』(『雪中花　やさぐれ三匹事件帖』を大幅に加筆修正した作品)も刊行されている。桂助との共通項は、外科医術に夜明けをもたらした〝麻酔〟である。この〝麻酔〟に導びかれて桂助は横浜へ行く。それは、虫歯を抜かずに根治させる治療法を求めてなのは言うまでもあるまい。

　しかし、その横浜で桂助を待っていたのは阿片をめぐる陰謀であった。第二話「唐子咲き」で桂助は、通詞である劉元徳《リイウユアンデエ》と知り合う。これが事件の発端で、幕末の底なし沼のような闇の世界へ足を踏み入れることになる。

　劉元徳の雇い主であるキングドンの不可解な死の謎を鮮やかな洞察力で解く桂助の名推理は、作者の独壇場で、本書の中でも際立ったエピソードとなっている。しかし、キングドンの阿片をめぐる悪行が表面化し、物語は別な色彩を帯びてくる。幕末の政治ドラマへと発展していくのである。それを象徴しているのが慶喜が桂助に宛てた手紙の文面である。一部を紹介する。

《それゆえ、頼む。

　阿片だけは武器弾薬のように、自由にこの国に持ち込ませては駄目だ。断じて清国の二の舞にしてはならぬ。

　わしも一時の鎖港を通すべく頑張るゆえ、そなたたちも阿片禍の広がりを何としても止めてほしい。医療用だ、麻酔だと偽られて、心身を蝕《むしば》まれる者を増やしてはならぬ。

そなたたちのことを思い出すと、自分は独りではない、居る場所は違っても、共に闘える仲間が居るのだと思うことができる。そして、共に何のために闘うかといえばこの国を他国から守るためなのだ。》（第四話「さくら坂の未来へ」）


これ以上の紹介は興を削《そ》いでしまうので避けるが、作者は阿片をテコとして、幕末の政治ドラマに大向うを唸《うな》らせるような新解説を施している。これが実によく出来ているし興味深い。

特に、倒幕のための資金難を阿片を売ることで解決しようという勢力への言及や、徳川幕府初期に体制を守り通すために敷いた制度が、歳月を経ることで制度疲労を起し、獅子身中《しししんちゅう》の虫に化けたというエピソードは、最終巻にふさわしいスケールの大きな物語に仕上っている。物語作者としての成熟を極めつつあることを窺わせる。

第三の桂助と志保の交情は、本シリーズの雰囲気を和らげる効果を発揮してきた。歯科技術を磨くことに身を捧《ささ》げた桂助と、それを身につけた薬草の知識で支えようという志保の二人は、相手の気持を慮《おもんぱか》るあまり、相思相愛であるにもかかわらず、恋は進展を見せない。そんな時、志保の父が殺されてしまう。その死に自責の念に駆られている桂助を見て、志保は自分が傍《そば》にいれば桂助を苦しめるだけだと行方を断つ。

《——つばきさんも美弥《みや》と名乗っていたらしいこの女も、志保さん似の二人はことごとく薄幸だった。顔のよく似た者同士は運命もまた似てしまうのか、それとも逆なのか、そもそも因果などあるわけもないのか——

金五が評したようにお日様ほど明るい強運は持ち合わせていなくても、せめて志保さんには、闇に包み込まれているかのような新月の運命に落ちて、夜明けと共に消え入ってほしくないと桂助は祈った。

——どんな志保さんでもいい、生きていてくれ、お願いだ——》（第四話「さくら坂の未来へ」）

桂助の切実な想いが伝わってくる述懐である。おそらく本シリーズの人気の秘密は、この桂助の切実な想い、つまり、二人の恋の行方が強力な磁場となって、読者を引っ張ってきたことにあると思われる。作者はその効果を狙ってか時代を超越する力を有する〝初恋貫徹物語〟を仕掛けたのである。「さくら坂の未来」の〝未来〟とは何を意味しているのか、気になるところ。

作者が『南天うさぎ』で仕掛けた布石と伏線は、巻を追うごとに絶大な効果をもたらし、群像劇としての面白さと、家族、友人、敵の人生ドラマを包含した大河小説的広がりを見せ、読後の充実感を演出した。幕末という時代相を、フィクションを絶妙な配合で織り込むことで、リアルでありながら躍動感溢《あふ》れる筆致で切り取った本シリーズは、間違いなく時代小説史上に残る傑作である。

（きくち・めぐみ　文芸評論家）

花びら葵

シリーズ第3作

桂助の患者だった廻船問屋のお八重の突然の死をきっかけに、橘屋は店を畳んだ。背後に岩田屋の存在が浮かび上がる。そして、将軍家の未来をも左右する桂助の出生の秘密が明かされ、それを知った岩田屋が桂助のもとへ忍び寄る！

ISBN4-09-408089-9

葉桜慕情

シリーズ第4作

桂助の名前を騙る者に治療をされたせいで、子供と妻を亡くした武士があらわれた。表乾一郎と名乗る男はそれが別人だと納得したが、被害はさらに広がり、桂助は捕われた。その表から熱心に求婚された志保の女ごころは揺れ動く。

ISBN4-09-408123-2

すみれ便り

シリーズ第5作

永久歯が生えてこないという娘は、桂助と同じ長崎で学んだ斎藤久善の患者で、桂助の見たても同じだった。よい入れ歯師を捜すことになった桂助のまわりで事件が起こる。無傷の死体にはすみれの花の汁が。新たに入れ歯師が登場。

ISBN978-4-09-408177-0

想いやなぎ

シリーズ第6作

鋼次の身に危険が迫り、志保や妹のお房も次々と狙われた。その背後には、桂助の出生の秘密を知り、自らの権力拡大のため、桂助に口中医を辞めさせようとする者の存在があった。一方、桂助は将軍家定の歯の治療を直々に行うことに。

ISBN978-4-09-408228-9

菜の花しぐれ

シリーズ第7作

紬屋太吉の父と養父長右衛門との間には、お絹をめぐる知られざる過去があった。その二人が行方不明になり、容疑者として長右衛門が捕われる。そこには桂助をめぐる岩田屋の卑劣な陰謀が。養父を守るために桂助に残された道は？

ISBN978-4-09-408382-8

末期葵

シリーズ第8作

岩田屋に仕組まれた罠により捕えられた養父長右衛門。側用人の岸田が襲われ、さらには叔母とその孫も連れ去られ、桂助は出生の証である〝花びら葵〟を差し出すことを決意する。岩田屋の野望は結実するのか？　長年の因縁に決着が。

ISBN978-4-09-408385-9

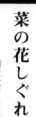

幽霊蕨

岡っ引きの岩蔵が気にする御金蔵破りの黒幕。桂助を訪ねてきたおまちの婚約者の失踪。全焼した屋敷跡には、岩田屋勘助の幽霊が出るという。幽霊の正体は？　事件の真相は？　一橋慶喜とともに、桂助は権力の動きを突き止めていく。

シリーズ第9作

ISBN978-4-09-408448-1

淀君の黒ゆり

両手足には五寸釘が打ち込まれ、歯にはお歯黒が塗られて殺害されたのは、堀井家江戸留守居役の金井だった。毒殺された女性の亡骸と白いゆり、「絵本太閤記」に記された黒ゆり……。闇に葬られた藩の不祥事の真相に桂助が迫る！

シリーズ第10作

ISBN978-4-09-408490-0

かたみ薔薇

側用人の岸田正二郎の指示で、旗本田島宗則の娘の行方を桂助は追う。岡っ引き金五の恩人の喜八、手習塾の女師匠ゆりえが次々と殺害され、志保の父、佐竹道順にも魔の手が忍びよる。さらなる敵を予感させる、シリーズ新展開の一作。

シリーズ第11作

ISBN978-4-09-408614-0

江戸菊美人

志保が桂助の元を訪れなくなって半年、〈いしゃ・は・くち〉に新たな依頼が次々と舞い込む。廻船問屋・湊屋松右衛門の後添えを約束されていたお菊が死体で発見された。町娘の純粋な想いが招いた悲劇を桂助は追う。表題作他全四編。

シリーズ第12作

ISBN978-4-09-408665-2

春告げ花

〝呉服橋のお美〟で評判の娘は、実は美鈴と言った。美鈴は、鋼次とふたりで忙しくしていた桂助の治療所の手伝いに通うようになる。当初、名前を偽っていた美鈴に鋼次は厳しい目を向けていたが、桂助は美鈴の想いに気付くのだった。

シリーズ第13作

ISBN978-4-09-408889-2

恋文の樹

桂助が知遇を得た女医の田辺成緒のもとに脅迫状が届けられ、さらには飼い猫が殺害された。調べを進めると、華岡青洲流の麻酔薬「通仙散」に関わる陰謀が浮かび上がり、桂助が狙われていた。犯行及んだ者の驚くべき正体とは！

シリーズ第14作

ISBN978-4-09-406271-7

毒花《どっ》伝

シリーズ第15作

投げ込み寺で見つかった多数の不審死体には、歯が無かった。虫歯によって歯無しになった人々が、生きる希望を失ってしまうことに心を痛めていた桂助。事件の真相に迫ると、歯無しの人々を騙した某藩の恐るべき計画が明らかに！

ISBN978-4-09-406511-4

さくら坂の未来《さき》へ

シリーズ最終巻

横浜の居留地で、欧米の最新治療を目の当たりにした桂助。医療用以外で阿片の乱用が懸念されるなか、阿片密輸の大本に迫っていた同心の友田が謎の死を遂げ、桂助はその解明を果たした。志保と再会した桂助は新たな世界に旅立つ。

ISBN978-4-09-406623-4